Arian Levant

Bitches

Mein erster eigener Sexclub

Impressum

Bibliografische Information der
Deutschen Nationalbibliothek:
Die Deutsche Nationalbibliothek verzeichnet diese
Publikation in der Deutschen Nationalbibliografie;
detaillierte bibliografische Daten sind im Internet
über http://dnb.dnb.de abrufbar.

Lektorat: Friedrich Barenbeck CHECKart Bonn
Korrektorat: Hendrik Meyer, Caroline Bastke
Titelfoto: www.pixabay.de

Verlag: BoD · Books on Demand GmbH, Über-
seering 33, 22297 Hamburg, bod@bod.de

Druck: Libri Plureos GmbH, Friedensallee 273,
22763 Hamburg

ISBN: 978-3-8192-4648-7

Inhaltsverzeichnis

Teil I – Herkunft & Hunger

Kapitel 1 – Kindheit im Schatten

Ich war kein Junge, der mit dem goldenen Löffel im Mund zur Welt kam. Kein glanzvolles Leben, kein Vorzeigehaushalt. Die Straße, in der ich aufwuchs, war rau und roch nach Teer, kaltem Rauch und im Sommer manchmal nach schlecht geleerter Biotonne. Eine Siedlung, wie es sie überall gibt. Die Häuser standen dicht nebeneinander, aber das bedeutete nicht, dass man sich nah war. Mein Vater war selten da. Wenn er da war, dann laut. Meine Mutter? Eine Überlebende in Schürze. Ihre Liebe war ein stilles Dasein zwischen Kochtopf und kaltem Blick. Keine Umarmungen, keine Fragen. Nur das Dröhnen des Staubsaugers und das leise Klirren der Gläser in der Vitrine, wenn er wieder tobte. Ich wusste früh, dass ich unauffällig sein musste, wenn ich keinen Ärger wollte. Doch tief in mir wuchs etwas anderes: ein Verlangen, gesehen zu werden. Nicht angepasst, sondern erkannt.

In der Schule war ich still – und wütend. Ich konnte gut beobachten. Ich sah, wie Lehrer Macht ausspielten, wie Mitschüler sich gegenseitig abschrieben, um dazuzugehören. Ich lernte schnell: Es geht nicht darum, was du bist, sondern wie du wirkst.

Mit elf klaute ich das erste Mal eine Zeitschrift vom Kiosk – nicht aus Gier, sondern aus Neugier. Männer in Anzügen, Frauen in Spitzenwäsche. Glänzende Haut, grelle Farben, verheißungsvolle

Blicke. Ich hatte keine Worte dafür, aber ich spürte: Das hatte etwas mit mir zu tun. Es ging nicht um Sex, nicht um nackte Haut – es ging um Macht, um Begehren, um die Möglichkeit, plötzlich der zu sein, auf den alle schauen.

Während andere vom Beruf des Feuerwehrmanns träumten, saß ich auf meinem Hochbett und stellte mir vor, wie es wäre, einen eigenen Raum zu haben. Einen Ort, wo alles von mir ausging. Kein Vater, der brüllte. Keine Mutter, die schwieg. Sondern ich, der die Regeln machte. Ich nannte ihn im Kopf mein Reich.

Ich war ein Kind, das zu früh wusste, dass es kein Kind bleiben darf. Und so wurde ich schneller groß, als mir lieb war.

Schattenlust

Ich erinnere mich nicht an ein konkretes Datum, aber ich erinnere mich an das Gefühl. Diese Mischung aus Fremdheit und Neugier, aus dem dumpfen Dröhnen der Waschmaschine im Keller und dem Lichtstreifen, der unter der Badezimmertür hervorglitt wie ein stiller Zeuge. Ich war jung. Zu jung, um zu wissen, was ich suchte. Aber alt genug, um zu spüren, dass etwas in mir wach wurde.

Damals war es der Geruch von Hautcreme, die ich aus Neugier auftrug, oder der weiche Stoff eines alten Nachthemds, das ich im Wäschekorb fand – Dinge, die nichts bedeuteten und doch etwas auslösten. Ich hatte keine Worte für das, was da passierte. Nur ein leises Pochen unter der Haut, ein nervöses Ziehen in der Tiefe. Ich spürte mich plötzlich auf eine neue Weise – körperlicher, wacher, verletzlich.

Es war keine große Geschichte. Kein dramatisches Ereignis. Eher ein heimliches Tasten im Halbdunkel, allein mit mir und meiner Vorstellungskraft.

3

Doch es war der Anfang. Der Moment, in dem mein Körper mir zuflüsterte: Da gibt es noch mehr. Etwas, das du entdecken wirst. Vielleicht auf Umwegen, vielleicht mit Umwegen.

Ich lernte früh, dass Lust ein leiser Gast ist. Einer, der nicht klopft, sondern sich durch Ritzen schiebt, durch Bilder, Düfte, ein Wort in einem Buch, eine Szene im Fernsehen, ein fremdes Lächeln. Und ich lernte ebenso früh, dass man ihn nicht immer willkommen heißen darf. Dass man schweigen muss, um sich zu schützen. Dass nicht jeder Schatten Schutz bietet.

Wenn ich heute daran denke, spüre ich kein schlechtes Gewissen. Nur eine stille Achtung vor dem Kind, das ich war. Und vor dem langen Weg, den dieses Kind gegangen ist, um die eigene Stimme – und die eigene Lust – zu finden.

Was du mitbringen musst, bevor du etwas eröffnest

Wenn du darüber nachdenkst, einen Club zu gründen – vor allem einen, der mit Erotik, Nähe, Fantasie und menschlichen Grenzen zu tun hat –, dann wirst du früher oder später merken: Es beginnt nicht mit Möbeln oder Musik. Es beginnt mit dir. Und es beginnt weit früher, als du vielleicht denkst.

Ich rede nicht von Businessplänen, sondern von inneren Plänen. Von dem, was dich geprägt hat, bevor du überhaupt wusstest, dass es Prägung gibt. Wer sich in diesem Gewerbe bewegt, sollte nicht nur wissen, was Menschen wollen – sondern auch, was sie vermissen. Was sie suchen. Was sie gelernt haben zu verstecken.

Viele, die in meine Welt kamen, trugen Geschichten in sich, die älter waren als sie selbst. Manche wuchsen auf in stummen Familien, andere in Häusern mit zu vielen Stimmen. Manche fanden nie heraus, was Berührung ohne Bedrohung ist. Manche suchten einen Ort, an dem sie nicht mehr stark sein mussten. Und einige suchten nur nach einem Spiegel, in dem sie sich wiedererkennen konnten.

Deshalb sage ich dir: Wenn du einen Club eröffnen willst, beginne mit einer ehrlichen Bestandsaufnahme deiner selbst. Was hat dich in deiner Kindheit bewegt, verwundet, wachgeküsst? Was war dein erster Gedanke, wenn du dich nackt gefühlt hast – im wörtlichen oder übertragenen Sinn? Und was davon trägst du noch immer in dir, unausgesprochen, aber wirksam?

Ein guter Club ist nicht nur ein Ort. Er ist ein Raum. Und Räume haben Atmosphäre. Die Atmosphäre entsteht nicht durch Lichter oder Loungesessel. Sie entsteht durch Haltung. Durch deine Haltung. Wenn du gelernt hast, im Schatten deiner Vergangenheit aufrecht zu stehen, kannst du anderen ein sicherer Gastgeber sein – selbst dann, wenn es dunkel wird.

Fang nicht mit Konzepten an. Fang mit dir an. Alles andere kommt später.

Kapitel 2 – Erste Blicke, erste Fantasien

Ich war dreizehn, als ich zum ersten Mal eine Frau wirklich ansah.
Nicht einfach aus kindlicher Neugier, nicht wie ein Junge, der aus Versehen in der Fernsehwerbung hängen bleibt – sondern mit diesem neu erwachten Blick, der mehr war als bloße Beobachtung. Es war auf dem Weg zur Schule, an einem Dienstagmorgen, kalt und grau, wie so viele Tage in dieser Stadt. Sie kam mir entgegen, trug ein viel zu kurzes Cape über einem dunkelblauen Kleid, und ihre Lippen waren rot, als hätte sie sich entschlossen, diesen Tag zu etwas anderem zu machen als er war.
Ich spürte plötzlich, wie mein Herz schneller schlug. Nicht aus Liebe. Aus etwas Unaussprechlichem. Verlangen? Vielleicht. Aufregung? Ganz sicher. Es war der Moment, in dem meine Fantasie begann, eigene Wege zu gehen. Wege, die ich nicht mehr kontrollieren konnte – und auch nicht wollte.
Ich suchte mir in den nächsten Jahren heimlich Orte, an denen ich mit meinem Begehren allein sein konnte. Ich saß in der letzten Reihe im Bus und stellte mir vor, wie es wäre, mit einer Frau zu tanzen. Nicht so, wie man es bei Tanzkursen lernt – sondern so, dass es elektrisiert. Dass man sich verliert in Nähe, Blicken, Gerüchen. In einem Moment, in dem alles andere verschwindet.
Und dann war da diese Nachbarin. Sie war ungefähr dreißig, ich vielleicht fünfzehn. Verheiratet. Kinder. Aber manchmal kam sie abends allein von der Arbeit. Ich stand dann am Fenster, das Licht war aus, und ich beobachtete sie, wie sie den Schlüssel in die Tür steckte. Sie trug nie BH. Und

manchmal – bildete ich mir ein – wusste sie, dass ich sie sah.

Ich erzählte niemandem davon. Nicht aus Scham. Sondern weil es mein Geheimnis war. Mein inneres Feuer, das ich nicht mit Wasser verdünnen wollte. In meinen Träumen war ich längst kein Kind mehr. Ich war der Mann, der wusste, was er wollte.

Pornografie kam erst später – und enttäuschte. Zu plump, zu mechanisch, zu laut. Es fehlte das, was mich wirklich antrieb: die Spannung davor. Das Zögern. Das Spiel. Der Blick, der alles sagt, bevor überhaupt etwas berührt wird.

Ich fing an, Geschichten zu schreiben. Kleine Szenen, nur für mich. Über eine Frau in einem Fahrstuhl. Über eine Kellnerin, die sich nachts nicht abschminkt. Über das, was nicht geschieht, aber geschehen könnte, wenn beide sich trauen würden. Ich hatte noch nie Sex, aber ich kannte schon den Raum davor – und er faszinierte mich mehr als jede vollzogene Handlung.

Damals wusste ich noch nicht, dass ich einmal Räume schaffen würde, in denen andere ihre Fantasien ausleben. Ich wusste nur: Ich will nicht bleiben, wo ich bin. Ich will dahin, wo es knistert, wo es dunkel ist, wo man sich zeigt – und doch verbirgt.

Erste Blicke, erste Fantasien

Ich erinnere mich an die Schulbusfahrt in der sechsten Klasse. Immer dieselbe Strecke, immer derselbe Geruch nach nassem Rucksack, Kaugummi und Schuhsohlen. Aber an einem Tag war da mehr. Sie stieg ein, wie immer – Jeans, eng, eine Jacke mit Fell am Kragen. Aber diesmal setzte sie sich neben mich. Und irgendetwas in mir verschob sich.

Ich sah ihren Oberschenkel, wie er sich durch den Stoff wölbte, sah den kleinen Spalt zwischen Haut und Ärmel, wo der Pulli zu kurz war. Es war kein bewusster Gedanke, mehr ein körperliches Aufflackern, ein elektrisches Knistern unter der Haut. Ich hörte ihr lachen und wusste nicht, wohin mit meinen Blicken. Meine Knie brannten vor Spannung. Ich roch ihr Shampoo. Ich war verloren.

Zu Hause zog ich mich zurück, als wäre ich krank. Schob die Tür zu, drehte die Musik leise auf und lag einfach da. Ich stellte mir vor, wie sie aussieht, wenn sie nicht mehr angezogen ist. Wie sie sprechen würde, wenn niemand zuhört. Wie sie sich anfühlen könnte, wenn sie sich mir zuwendet, nicht abwendet.

Diese Fantasien waren noch unbeholfen. Mehr Skizze als Gemälde. Ich wusste nicht, was genau ich wollte – aber ich wollte es heftig. Und heimlich. Ich malte mir Szenen aus, in denen ich begehrt wurde, in denen sie etwas sahen in mir, was ich selbst noch nicht kannte. Ich sprach nie darüber. Aber in mir begann sich ein ganz eigenes Kino zu entwickeln. Und ich war Regisseur, Hauptdarsteller und Zuschauer zugleich.

Erste Blicke. Erste Fantasien. Sie waren wie der erste Funke in einem Raum voller Nebel – kaum sichtbar, aber sie veränderten alles. Von da an war es nicht mehr nur die Welt der anderen, die mich bewegte. Es war meine eigene.

Fantasie ist das Kapital

Wenn ich heute auf meine ersten sexuellen Fantasien zurückblicke, fällt mir eines auf: Sie waren nicht logisch. Nicht vollständig. Nicht einmal besonders realistisch. Aber sie waren mächtig. Viel mächtiger als jede reale Erfahrung, die danach kam. Und genau darin liegt der Schlüssel.

Wenn du einen Club eröffnen willst – einen Ort, an dem Menschen ihrer Lust nachgehen, sich zeigen oder verstecken können –, dann musst du verstehen: Die Fantasie ist der wahre Motor. Nicht die nackte Haut. Nicht der Champagner. Nicht einmal der Sex.

Es beginnt mit einem Blick. Mit der Vorstellung, was sein *könnte*. Deine Gäste kommen nicht, weil sie wissen, was passiert – sie kommen, weil sie es sich ausmalen. Weil sie hoffen, etwas zu erleben, das noch keinen Namen hat. Deine Aufgabe ist es nicht, ihnen das zu geben, was sie sich konkret wünschen. Sondern einen Raum zu schaffen, in dem sich ihre Wünsche entfalten dürfen.

Dafür brauchst du Zonen des Unklaren. Spiegel, Dämmerlicht, Halbsätze. Räume, in denen man beobachtet werden kann, ohne gleich erkannt zu werden. Orte, an denen ein Blick mehr sagt als ein Gespräch. Ein gut platzierter Vorhang kann mehr Wirkung entfalten als die beste Lichtanlage.

Und: Du musst lernen, mit Projektionen zu arbeiten. Menschen bringen ihre eigenen Geschichten mit. Ihre Scham. Ihre Fantasien. Ihre Sehnsucht, gesehen zu werden – auf eine Weise, die nicht verletzt, sondern verwandelt. Je besser du diese leisen Kräfte verstehst, desto mehr Vertrauen wirst du gewinnen.

Ein guter Club ist wie ein guter Film: nicht zu direkt, nicht zu erklärend, sondern voller Andeutungen. Er lebt von Atmosphäre, von Zwischenräumen. Und vor allem: vom Vertrauen darauf, dass die Fantasie deiner Gäste der eigentliche Hauptdarsteller ist.

Wenn du das beherzigst, hast du mehr als ein Geschäftsmodell. Du hast ein Versprechen geschaffen – und einen Ort, an dem es eingelöst werden kann.

Kapitel 3 – Das Mädchen mit der roten Jacke

Ich weiß bis heute nicht, wie sie hieß. Vielleicht Anna. Oder Jana. Oder ein ganz anderer Name, der sich nicht einprägen wollte, weil alles an ihr sowieso stärker war als Worte.

Sie war zwei Klassen über mir. Hatte Sommersprossen, trug meist weiße Turnschuhe, die an den Seiten ausfransten, und eben diese Jacke – rot, etwas zu groß, mit einem Pelzkragen, der nie richtig saß. Sie war nicht schön im klassischen Sinne. Ihre Nase war zu lang, ihre Stimme zu rau. Aber sie hatte dieses Lachen. Ein Lachen, das nicht darum bat, gemocht zu werden. Es war einfach da – wie eine Entscheidung, wie ein Ja zum Leben, das andere nur heimlich flüsterten.

Ich sah sie jeden Morgen auf dem Schulhof. Wie sie aus dem Bus stieg, ihren Rucksack auf den Rücken warf und einmal kurz die Haare schüttelte. Ich stand in der Nähe, tat so, als ob ich auf jemanden wartete, aber in Wahrheit wartete ich nur auf diesen Moment. Auf sie.

Einmal – ich glaube, es war im Februar – ließ sie ihr Notizbuch auf dem Fahrradständer liegen. Es war rot, passte zur Jacke. Ich nahm es mit. Nicht aus Diebstahl. Aus Sehnsucht. Ich wollte wissen, was sie denkt, was sie träumt. Aber es war leer. Jede Seite. Vielleicht benutzte sie es nur als Requisite. Oder als Schutz.

Ich trug es wochenlang in meinem Rucksack, als wäre es ein Pfand. Ich war nicht verliebt, jedenfalls nicht so, wie man das aus Filmen kennt. Es war eher ein Echo. Etwas, das mich berührte, ohne mich zu besitzen. Ich stellte mir vor, wie wir im Bus nebeneinander sitzen würden. Wie ihre Hand zufällig meine streift. Wie sie nicht wegsieht.

Einmal ging ich direkt hinter ihr her, auf dem Weg
zur Sporthalle. Ich konnte ihr Parfum riechen – o-
der war es einfach nur die Mischung aus Shampoo, Regen und Seife? Sie drehte sich kurz um,
musterte mich mit diesem undefinierbaren Blick.
Kein Lächeln. Kein Nicken. Nur diese Sekunde, in
der ich dachte: Jetzt. Sprich. Sag etwas. Doch ich
sagte nichts. Und sie verschwand durch die Tür,
als wäre nichts gewesen.

Das war alles.

Kein Kuss. Keine Berührung. Nur ein Name, den
ich nie wusste, und ein rotes Notizbuch, das irgendwann zwischen alten Heften verlorenging.

Aber irgendetwas an ihr hat in mir etwas aufge-
schoben. Ein Gefühl, dass Nähe auch aus Distanz
bestehen kann. Dass ein Blick mehr verändern
kann als eine ganze Nacht.

Wenn ich heute zurückdenke, glaube ich: Das
Mädchen mit der roten Jacke war die erste, die
mir zeigte, dass Verlangen nicht laut sein muss.
Dass es auch aus Stille gemacht ist.

Das Mädchen mit der roten Jacke

Ich weiß noch, wie der Reißverschluss klemmte.
Ich stand hinter ihr in der Umkleidekabine des
Jugendzentrums – Theaterprojekt, sie brauchte
Hilfe, ich hatte mich freiwillig gemeldet. Ihre Jacke
war aus rotem Kunstleder, glänzend und eng, viel
zu warm für den Frühling. Aber sie liebte dieses
Teil, das hatte sie gesagt. Und ich liebte, wie sie
darin aussah.

Als meine Finger den kleinen Schieber des Reiß-
verschlusses ergriffen, berührte ich aus Versehen
die Haut an ihrem Nacken. Sie zuckte nicht zurück. Im Gegenteil. Sie schloss kurz die Augen, als
ob sie etwas Genießbares spürte – oder war das
nur meine Projektion? Ich hielt den Atem an. Mein

Herz hämmerte wie eine Abrissbirne gegen meinen Brustkorb.

Es war kein Kuss. Kein eindeutiges Zeichen. Nur Wärme, Nähe, ein Moment, der zu lange dauerte, um noch zufällig zu sein.

Später standen wir draußen. Sie rauchte. Ich schaute ihr zu. Ihre Lippen umschlossen den Filter so beiläufig, dass ich mich fragte, wie es wäre, wenn sie mich so berühren würden. Ich stellte mir vor, wie ihre Haut schmeckt. Wie sie klingt, wenn sie etwas anderes sagt als die üblichen Sprüche aus der Schule.

In dieser Nacht träumte ich von ihr. Nicht wild, nicht laut – sondern so, wie man von jemandem träumt, den man in einem früheren Leben geliebt haben könnte. Alles war rot. Jacke, Licht, Lippen. Ich spürte, dass etwas in mir gewachsen war. Eine neue Sprache, körperlich und stumm. Eine Lust, die sich nicht mehr nur in Gedanken abspielte, sondern in einem Verlangen, das nach Ausdruck suchte.

Ich habe sie nie wieder so gesehen. Aber sie blieb. Als Bild. Als Farbe. Als Gefühl, das später oft wiederkehrte – in anderen Gesichtern, anderen Begegnungen. Immer dann, wenn das Begehren leise begann. Wie damals, in einer zu engen Kabine, bei einem klemmenden Reißverschluss.

Die Kraft der Projektion: Warum Stil mehr ist als Oberfläche

In meiner Erinnerung war sie nicht einfach ein Mädchen. Sie war *das* Mädchen mit der roten Jacke. Und das ist kein Zufall. Wir erinnern Menschen oft über Details – ein Duft, eine Bewegung, ein Kleidungsstück. Und genau solche Details entscheiden später auch, ob ein Club funktioniert oder nicht.

Wenn du einen erotischen Club eröffnest, darfst du den psychologischen Aspekt von Kleidung, Farben und Atmosphäre nicht unterschätzen. Du gestaltest keinen Raum – du schaffst eine Bühne. Und auf dieser Bühne werden Rollen gespielt. Fantasien gelebt. Projektionen wahr.

Warum das wichtig ist? Weil Erotik nie nur körperlich ist. Sie ist ein Zusammenspiel aus Vorstellung, Reiz, Stil – und ganz oft aus dem, was wir *hineinlesen* in einen anderen Menschen. Die rote Jacke war damals nicht einfach ein Kleidungsstück. Sie war ein Signal. Ein Versprechen. Eine Grenze zwischen Alltag und Möglichkeit.

Deshalb solltest du dir als Clubgründer:in klarmachen: Menschen wollen nicht nur erleben – sie wollen auch *gesehen werden*, in einer Rolle, die sie sich selbst erschaffen. Manche tragen Netzstrümpfe, andere Ledermäntel, wieder andere gar nichts außer einem Lächeln. Deine Aufgabe ist es, einen Raum zu schaffen, in dem solche Selbstinszenierungen möglich – und sicher – sind.

Das bedeutet konkret:

- Schaffe Zonen mit Spiegeln, weichem Licht, Schatten.
- Nutze Farben bewusst – Rot wirkt anders als Blau, Samt anders als Edelstahl.
- Kommuniziere deine Stil-Idee klar: Ist dein Club eher opulent oder minimalistisch, verrucht oder verträumt?
- Ermutige deine Gäste, sich zu verwandeln – nicht zu verstecken.

Denn je klarer der Rahmen ist, desto mehr trauen sich Menschen, in ihn hineinzutreten. Sie bringen ihre Sehnsüchte mit – aber sie brauchen einen Ort, an dem diese Sehnsüchte eine Form finden. Und manchmal beginnt das mit einer roten Jacke.

Kapitel 4 – Disco, Drogen, Durst

Ich erinnere mich an die Lichter zuerst. Diese zuckenden Farbstreifen, die wie Blitze durch den Raum schossen. Grün, Rot, Violett. Sie durchkreuzten den Nebel, der wie ein Vorhang in der Luft hing. Und dann war da der Bass. Tief, körperlich, so stark, dass er mir durch die Rippen fuhr, als wolle er mich von innen wachklopfen.

Ich war sechzehn, als ich zum ersten Mal in den Club kam. Nicht offiziell. Ich hatte den Türsteher mit einem abgenutzten Ausweis und einem abenteuerlichen Bartansatz überzeugt. Oder besser gesagt: Er ließ mich einfach durch, weil er mich kannte. Mein älterer Cousin hatte gute Kontakte – und ich war jung, hungrig und bereit, jede Grenze zu ignorieren, die man mir bis dahin beigebracht hatte.

Die Disco war wie eine andere Welt. Alles war möglich. Alles war übersteuert. Die Menschen schrien, als würden sie sonst nicht gehört. Die Körper bewegten sich, als gäbe es kein Morgen. Die Luft schmeckte nach billigem Parfum, Bier, Schweiß und etwas, das ich damals noch nicht benennen konnte: Gier.

Ich stand an der Bar, trank Cola mit Wodka und tat so, als hätte ich das schon tausendmal getan. Dabei zitterte meine Hand leicht. Nicht aus Angst – aus Vorfreude. Alles in mir war auf Empfang geschaltet. Die Musik, die Blicke, die Energie, die zwischen den Menschen zirkulierte, wie eine unsichtbare Droge.

Und dann kam die echte Droge.

Irgendwann, in einer Ecke des Raucherbalkons, reichte mir jemand eine kleine Tablette. Ich wusste nicht, was es war. Ich wusste nur, dass man danach anders tanzen konnte. Länger. Weicher. Ohne nachzudenken. Ich nahm sie. Nicht weil ich wollte, sondern weil ich dazugehören wollte. Weil ich nicht der Junge vom Stadtrand sein wollte, sondern einer von denen, die die Nacht im Griff hatten.

Es war nicht mein erster Rausch, aber es war der erste, der mich veränderte. Ich fühlte mich plötzlich leicht, mutig, schön. Ich sah eine Frau auf mich zukommen – viel älter als ich, mit silbernem Lidschatten und Lippen wie aus Glas. Wir redeten nicht. Wir tanzten. Ihre Hand war auf meinem Rücken, dann an meinem Nacken. Es war nichts passiert – und doch war alles passiert.

Diese Nächte wurden zu Ritualen. Jedes Wochenende. Immer tiefer hinein. Ich kannte irgendwann alle Namen an der Bar, alle Codes im Club, alle Ausreden für Zuhause. Ich trug schwarze Hemden, enge Jeans und diesen Blick, der sagte: Ich weiß, was ich tue. In Wahrheit wusste ich gar nichts. Ich suchte nur. Nach mir. Nach Anerkennung. Nach einer Berührung, die nicht nur meinen Körper, sondern mein Inneres traf.

Einmal wachte ich morgens im Park auf. Nebel lag auf dem Gras, meine Jacke war weg, mein Portemonnaie auch. Ich fror. Ich lachte. Ich war siebzehn – und unbesiegbar.

Das dachte ich jedenfalls.

Disco, Drogen, Durst

Es war nicht der Alkohol. Es war das Licht. Dieses flackernde, zuckende Licht, das über die Körper tanzte wie eine fremde Sprache. Ich erinnere mich an die erste richtige Disco-Nacht, als hätte mein Leben vorher in Schwarzweiß stattgefunden. Und dann war plötzlich alles in Farbe. Grell, laut, schnell.

Ich war sechzehn und hatte einen gefälschten Ausweis, den ich mit einem Föhn bearbeitet hatte, damit das Laminat blasen warf – so wie bei echten Dokumenten. Ich war nervös, aber auch gierig. Nach Beats. Nach Blicken. Nach Berührungen. Nach allem, was ich nicht kannte und doch so dringend wollte.

Drinnen roch es nach Nebelmaschine, Bier und süßem Parfum. Ein Mädchen tanzte barfuß auf dem Boxenpodest. Ihr Kleid klebte am Rücken. Ich starrte sie an, bis sie mich sah – und nicht wegschauen musste. In diesem Moment war ich nicht mehr Kind. Ich war Rhythmus, ich war Atem, ich war Hunger.

Irgendjemand drückte mir eine Pille in die Hand. Ich fragte nicht viel. Sie schmeckte bitter, der Durst danach war endlos. Ich trank, tanzte, schwitzte. Und irgendwann küsste ich jemand. Ich weiß nicht mehr, ob sie mir ihren Namen gesagt hat. Ich weiß nur, dass ihre Zunge nach Pfefferminz schmeckte und dass sie mir ins Ohr flüsterte, sie wolle spüren, wie ich tanze – nicht wie ich denke.

In jener Nacht vergaß ich meine Grenzen. Ich wusste nicht mehr, wie spät es war oder wohin der Weg führen würde. Aber ich wusste: Es war ein Anfang. Nicht von Liebe. Nicht mal von Sex im engeren Sinne. Sondern von etwas Tieferem. Dem Wunsch, mich aufzulösen und gleichzeitig intensiver zu spüren als je zuvor.

Disco, Drogen, Durst – das war keine Phase. Es war ein Riss. Und durch diesen Riss begann das Licht in mein altes Leben zu fallen. Gnadenlos. Und verheißungsvoll.

Rausch gestalten:
Zwischen Ekstase und Verantwortung

Wenn du einen Club eröffnen willst, musst du dir eines klar machen: Die Menschen kommen nicht nur wegen der Musik. Sie kommen wegen des Rauschs. Und Rausch ist ein weites Feld.

Für die einen bedeutet es, zwei Drinks zu viel zu haben. Für andere ist es ein ekstatischer Tanz, ein flüchtiger Blick, ein Körper, der sich entzieht. Manche nehmen etwas, um loszulassen. Andere kommen, um zu vergessen. Und viele – das ist entscheidend – wissen selbst nicht genau, wonach sie suchen.

Deine Aufgabe als Clubbetreiber:in ist es, diesen Raum des Suchens nicht nur zu ermöglichen, sondern auch zu halten. Denn wo Rausch ist, ist auch Verletzlichkeit. Und wo Dämmerung herrscht, braucht es ein waches Auge.

Was heißt das konkret?

1. **Atmosphäre statt Absturz**
   Gestalte dein Licht, deinen Sound, deine Wege durch den Club so, dass sie mehr sind als Kulisse. Sie sind Führung. Rhythmus. Einladung. Rausch entsteht auch ohne Drogen – durch Stimmung, durch Nähe, durch Musik, die etwas aufwühlt, statt nur zu beschallen.

2. **Freiheit mit Schutzrahmen**
   Erkenne: Menschen wollen sich verlieren – aber nicht wirklich verloren gehen. Gib ihnen sichere Ankerpunkte. Menschen, denen sie vertrauen können. Personal, das nicht nur Getränke serviert, sondern hinschaut. Ein Türteam, das mehr kann als Muskeln zeigen.

3. **Sprich die Regeln aus – aber schön**
   Erotik und Rausch brauchen klare Grenzen. Nur müssen diese nicht kalt und autoritär klingen. Schreib deine Hausregeln so, dass sie verstanden und gefühlt werden. Ein guter Satz am Eingang kann mehr Wirkung haben als zehn Überwachungskameras.

4. **Deine Haltung ist dein Kapital**
   Wenn du selbst klar bleibst – innerlich, emotional, menschlich – schaffst du eine Clubkultur, die trägt. Nicht alles läuft immer gut. Aber wenn deine Gäste spüren, dass du weißt, was du tust, vertrauen sie dir auch in der Nacht.

Denn am Ende ist es wie mit jedem guten Rausch: Er verliert seinen Wert, wenn er ins Bodenlose fällt. Aber wenn du ihn begleitest – mit Stil, mit Haltung, mit Herz –, dann kann er verwandeln. Und genau das ist das Geheimnis jeder unvergesslichen Nacht.

Kapitel 5 – Nächte, die man nicht vergisst

Es gibt Nächte, die du vergisst, bevor du aufwachst. Und es gibt Nächte, die sich in deine Haut brennen. Nicht weil sie schön waren. Sondern weil sie dich verändert haben. Weil du danach nicht mehr ganz derselbe bist – auch wenn es niemand sieht.

Sie hieß Nadja. Oder sie nannte sich so. Ihre echten Namen erfuhr ich nie. Es war einer dieser Spätsommerabende, an denen die Stadt flirrt, als hätte sie selbst zu viel getrunken. Die Leute drängten sich vor dem Club, überall Gerede, Gelächter, Rauch. Ich stand wie immer mit einem Becher in der Hand und dem Gefühl, dass alles möglich sei – und gleichzeitig alles schon tausendmal passiert.

Nadja hatte diesen Blick. Nicht suchend, nicht zögernd – sondern durchdringend. Als würde sie einen Text lesen, den man selbst nie geschrieben hat. Sie sprach mich nicht an. Sie stand einfach da, ein paar Meter entfernt, rauchte, sah mich an und nickte kaum merklich. Ich ging zu ihr. Nicht, weil ich etwas erwartet hätte, sondern weil ich nichts anderes konnte.

Wir tanzten. Erst draußen. Dann drinnen. Dann in einem abgedunkelten Raum, den niemand offiziell kannte. Sie roch nach Minze und Zigaretten, und ihre Hände waren kalt, aber sicher. Es ging nicht um Sex. Nicht direkt. Es ging um Nähe ohne Ziel. Um das Spiel mit dem, was möglich wäre, wenn man sich ganz vergessen würde.

Irgendwann saßen wir auf der Treppe hinter dem Lagerraum. Dort, wo niemand mehr hinkam. Sie lehnte sich an mich. Sagte nichts. Und plötzlich war da ein Moment, in dem alles still wurde. Kein

Bass. Kein Flackern. Nur ihre Stimme, leise, fast tonlos: „Du willst immer dazugehören. Dabei gehörst du schon längst woanders hin."

Ich lachte. Doch es war kein Lachen. Es war ein Versuch, mich zu retten. Vor der Wahrheit. Vor mir selbst.

Später verschwand sie. Einfach so. Kein Abschied. Kein letzter Blick. Ich habe sie nie wiedergesehen. Aber ich erinnere mich an ihre Hand auf meiner Schulter, an ihren Satz, an das Gefühl, dass ich in dieser Nacht – trotz allem – gesehen worden war. Vielleicht zum ersten Mal.

Es war die Nacht, in der ich verstand, dass Nähe ein Wagnis ist. Kein Spiel, keine Trophäe. Sondern ein Risiko. Und ich war süchtig danach, es einzugehen.

Nächte, die man nicht vergisst

Es war Sommer. Spät. Zu spät eigentlich, um noch unterwegs zu sein, und doch waren wir draußen. Die Luft war warm, voller Stimmen, Gläserklirren, Grillenzirpen. Und sie war da. Nicht wie eine Offenbarung, sondern wie jemand, der schon längst Teil meiner Geschichte war, obwohl wir uns gerade erst begegnet waren.

Wir saßen auf einer Bank hinter dem Club. Ihre Schuhe in der Hand, meine Jacke über ihren Schultern. Sie erzählte irgendwas von französischem Kino, ich lachte, obwohl ich kaum ein Wort verstand. Und dann war da diese Pause. Diese eine Sekunde, in der alles kippte. Ihre Hand auf meinem Bein. Nicht tastend. Ruhend. Wie ein Punkt hinter einem Satz, der endlich gesagt war. Wir küssten uns. Zögernd. Dann sicherer. Und plötzlich gab es nur noch Haut und Atem, Nähe und der Geruch von Sommernacht. Ihre Hüfte bewegte sich leicht, fast unmerklich. Mein Herzschlag übertönte alles. Kein Plan, kein Ziel – nur das unbedingte Verlangen, sie zu spüren. Nicht nur äußerlich, sondern ganz.

Wir hielten inne, als ob wir prüfen müssten, ob die Welt noch da war. Dann lachten wir. Leise. Und blieben. Minutenlang. Ihre Stirn an meiner Schulter, mein Atem in ihrem Haar. Es war nicht der Sex, der blieb. Es war dieser Moment davor. Diese Stille zwischen zwei Körpern, die sich gefunden hatten, ohne sich zu besitzen.

Wir gingen später getrennte Wege. Kein „Morgen?", kein „Ruf mich an." Aber sie blieb. In mir. In meinem Geruchsgedächtnis. In dem Gefühl, dass es Nächte gibt, die man nicht plant – und gerade deshalb nie wieder vergisst.

Was bleibt:
Die Kunst, Erinnerungen zu ermöglichen
Die Gäste erinnern sich selten an den DJ-Namen. Sie vergessen die Getränkepreise. Und am nächsten Morgen verschwimmen die Gesichter. Was bleibt – sind Gefühle. Und diese Gefühle entstehen nicht durch Lautstärke oder Exzess, sondern durch Resonanz. Eine Nacht wird dann unvergesslich, wenn sie etwas berührt, das schon lange gewartet hat, gespürt zu werden.

Wenn du einen Club führen willst, der mehr ist als eine Ansammlung von Beats und Drinks, dann frage dich:

Was willst du ermöglichen? Nicht, was du verkaufen willst – sondern was du *ermöglichen* willst. Ich habe früh verstanden, dass der eigentliche Luxus in der Nacht nicht der Champagner ist. Es ist der geschützte Moment. Die Nähe, die niemand kommentiert. Der Blick, der bleibt, ohne gleich Konsequenzen zu fordern. All das passiert nicht auf der Tanzfläche. Es passiert *zwischen* zwei

Songs. Auf dem Weg zur Toilette. An einer Wand, die gerade nicht im Fokus steht.

Hier ein paar Dinge, die du als Gastgeber:in gestalten kannst – damit genau solche Erinnerungen entstehen:

- **Sorge für Ruhe im Lärm.** Schaffe stille Orte. Rückzugsräume. Sofas in dunklen Ecken, auf denen nicht jeder alles mitbekommt. Das muss nicht groß sein – nur echt.
- **Lass Körper sprechen.** In einem guten Club kommunizieren die Menschen nonverbal. Deine Aufgabe ist es, diese Kommunikation nicht zu stören. Keine grellen Lichter, keine aufdringlichen Kontrollen mitten in einer zarten Berührung.
- **Verzichte auf Daueranimation.** Nicht jede Minute muss „bespielt" sein. Manchmal braucht es gerade die Leere, damit sich etwas Echtes ereignen kann. Eine gute Nacht ist nicht durchgetaktet – sie hat Atempausen.
- **Vertraue auf Intimität.** Je mehr du versuchst, etwas zu inszenieren, desto weniger Raum bleibt für das Unerwartete. Aber genau das ist es, was bleibt. Die Nacht, in der niemand weiß, wie es kam – aber alle wissen, dass es gut war.

Du kannst den Rahmen setzen. Den Rest bringt das Leben. Oder die Liebe. Oder beides. Und wenn du es richtig machst, erzählen deine Gäste noch Jahre später davon – ohne zu wissen, warum genau.

Teil II – Vom Gläserabräumer zum König der Nacht

Kapitel 6 – Meine erste Tür

Bevor du dein erstes Bier servierst, lernst du, wie du durch Türen gehst, die andere dir nicht zeigen. Türen, die sich nur öffnen, wenn du die Sprache der Nacht sprichst. Meine erste Tür war aus Metall, verbeult, schwer, ohne Schild. Man musste zweimal klopfen, dann kurz warten, dann nochmal klopfen – und dann wurde geöffnet. Nicht aus Höflichkeit. Sondern, weil man geprüft hatte, wer du bist.

Ich war siebzehn, fast achtzehn, als ich zum ersten Mal nicht als Gast durch den Haupteingang eines Clubs kam, sondern durch den Hintereingang. Ein Freund meines Cousins hatte jemanden gesucht – „einen Jungen, der nicht redet, aber schaut." So war die Beschreibung. Ich passte perfekt.

Meine Aufgabe war einfach: Gläser abräumen, Aschenbecher leeren, still sein. Und lernen.

Ich lernte. Wie man mit einer Geste Ordnung schafft. Wie man erkennt, wer zu viel trinkt, bevor er kippt. Wie man eine Frau ansieht, ohne sie zu entblößen. Wie man einen Mann ignoriert, ohne ihn zu beleidigen. Ich war leise. Aber ich nahm alles auf.

Der Club war kein Schuppen, sondern eine Institution. Schwarz glänzende Wände, goldene Leisten, ein langer Tresen, an dem sich Geschichten wie Würfel im Glas drehten. DJs, die mit ihren Händen mehr Macht hatten als jeder Türsteher. Und Gäste, die sich am Wochenende in andere Versionen ihrer selbst verwandelten.

Ich war mittendrin. Unsichtbar – aber da. Ich sah Affären beginnen, Ehen zerbrechen, Deals über Tische wandern, Telefonnummern auf Servietten geschrieben und nie angerufen werden. Ich sah, wie jemand vor der Toilette in Tränen ausbrach, während im Nebenraum jemand lachte, als gäbe es kein Morgen. Das Nachtleben ist ehrlich, weil es keine Masken mehr braucht. Nur Mut. Oder Rausch.

Eines Abends fiel mir ein Gast besonders auf. Mitte vierzig, Anzug, allein. Er trank nichts. Er beobachtete. Und irgendwann winkte er mich heran. Ich dachte, er wolle ein neues Getränk. Aber er sagte nur: „Du siehst dir das hier alles genau an, oder?"

Ich nickte. Er lächelte, sehr leise. „Das ist gut. Wer das Spiel verstehen will, muss es zuerst beobachten."

Er war Clubbesitzer. Ich wusste es nicht. Noch nicht. Aber sein Satz blieb mir. Ich schrieb ihn später auf einen Bierdeckel und trug ihn monatelang in der Brusttasche meines Hemdes, wie einen Passierschein in eine neue Welt.

In jener Zeit lernte ich: Es geht nicht um Glamour. Nicht um Geld. Es geht darum, den Rhythmus zu spüren. Den Moment zu erkennen, in dem etwas kippt. Eine Stimmung. Ein Blick. Ein Körper. Und dann zu wissen: Jetzt.

Es war meine erste Tür. Ich trat hindurch – und wusste: Ich würde nicht zurückkehren.

Meine erste Tür

Die Tür war aus Metall, schwarz gestrichen, mit einer schmalen Lampe darüber, die das Gesicht jeder Frau in ein Versprechen verwandelte. Ich stand daneben, in schwarzem Shirt, frisch rasiert, die Hände in den Taschen, wie man es mir gesagt hatte. „Bleib locker. Sei das Tor – nicht der Wächter." Das war der Satz.

Ich hatte keine Ahnung, was das bedeutete – bis sie kam.

Sie trug nichts Auffälliges. Ein schlichtes Kleid, das auf der Haut lag wie eine zweite Absicht. Ihre Haare offen, ein kaum sichtbares Lächeln. Sie sagte nichts. Blickte nur. Aber dieser Blick... er war nicht bittend. Er war fordernd. Und in meinem Bauch zog sich etwas zusammen. Lust? Angst? Beides.

Ich trat einen halben Schritt zur Seite. Sie kam näher, und im Vorbeigehen ließ sie ihre Fingerspitzen an meinem Handgelenk entlanggleiten. Nur einen Moment. Aber ich schwöre dir: Es war, als hätte sie mir etwas gezeigt. Nicht sich. Sondern das, was möglich war. Wenn ich sie hineinließ. Wenn ich sie verstände. Wenn ich nicht wegschaute.

Später in der Nacht sah ich sie wieder. In einem Separee. Eine Couch, halb im Dunkel, ihre Beine übereinandergeschlagen, die Lippen leicht geöffnet, als hätte sie gerade noch gelacht. Ein Typ kniete vor ihr. Sie sprach nicht. Nur ihre Hand bewegte sich – langsam, kontrolliert, wie eine Regisseurin.

Ich blieb stehen. Beobachtete. Mein Körper reagierte, wie Körper eben reagieren, wenn sie Zeugen werden von etwas, das sie nicht berühren dürfen. Sie sah mich. Direkt. Nahm einen Schluck aus ihrem Glas und ließ ihre Zunge kurz am Rand verweilen. Alles in mir war Strom. Hitze. Und das erste Mal in meinem Leben verstand ich, wie nah Macht und Begehren beieinander liegen.

Ich ging nicht zu ihr. Sie kam nicht zu mir. Aber diese Nacht blieb. Nicht, weil etwas *passierte* – sondern weil alles *möglich gewesen wäre*.

Seitdem weiß ich: Die erste Tür, die du aufmachst, ist nicht aus Metall. Es ist deine eigene.

Die Tür ist kein Eingang. Sie ist ein Ritual.

Wenn du einen Club eröffnest, wirst du schnell merken: Die wichtigste Entscheidung fällt nicht an der Bar. Sie fällt draußen. An der Tür. Und sie ist mehr als organisatorisch. Sie ist erotisch.

Denn noch bevor Musik spielt, Getränke fließen oder Haut sich zeigt, entscheidet sich etwas Grundlegendes: **Wen lässt du rein? Und warum?**

Viele unterschätzen die Tür. Sie glauben, es reicht, jemanden hinzustellen, der freundlich nickt oder streng schaut. Falsch. Wer an der Tür steht, ist nicht nur Kontrolle. Er oder sie ist *Inszenierung*. Die erste Figur in einem Spiel, das weiter drinnen Tiefe bekommt.

Hier sind ein paar Dinge, die du verstehen solltest:

1. **Auswahl ist Erotik.**
   Menschen wollen nicht nur *rein*. Sie wollen *ausgewählt* werden. Sie wollen spüren, dass sie gesehen werden. Begehrt werden. Wenn du die Tür willkürlich führst, nimmst du dieser ersten Begegnung ihre Magie.

2. **Atmosphäre beginnt draußen.**
   Der Club fängt nicht an, wenn man eintritt. Er beginnt mit dem Warten, mit den Blicken, mit dem ersten Kontakt. Musik, Licht und Geruch müssen schon durch den Türspalt wirken wie ein Versprechen: *Hier drin ist eine andere Welt.*

3. **Erotik entsteht im Blick.**
   Lass dein Türpersonal nicht nur kontrollieren – lass es lesen. Wer bringt welche Energie mit? Wer sucht nur Bestätigung? Wer hat eine Geschichte in den Augen? Wer will sich zeigen, wer sich verlieren? Ein guter Türsteher spürt das. Und entscheidet nicht nur nach Ausweis, sondern nach Ausstrahlung.

4. **Nicht jeder passt zu jeder Nacht.**
   Mach dir klar: Nicht jede*r, der hereinkommt, macht den Abend besser. Manchmal braucht es Mut, freundlich Nein zu sagen – zum Schutz der Stimmung. Du kuratierst. Nicht nach Aussehen. Sondern nach Schwingung.

Denn am Ende ist die Tür wie ein Vorhang im Theater. Wenn er sich öffnet, muss etwas entstehen, das größer ist als der Alltag. Und wenn du es richtig machst, dann geht niemand einfach nur „in den Club". Dann betritt er eine andere Wirklichkeit – weil du sie schon draußen vorbereitet hast.

Kapitel 7 – Falsche Freunde, echte Chancen

Wenn du plötzlich an einem Tisch sitzt, an dem du früher nie willkommen warst, lernst du schnell: Es gibt keinen Platz ohne Preis.

Nach ein paar Wochen hinter der Bar wurde ich mehr als nur ein Gläserräumer. Ich wusste, welche Drinks Stammgäste bestellten, bevor sie es sagten. Ich lernte, welchen Ton ich treffen musste, wenn jemand betrunken war – oder gefährlich nüchtern. Ich war nicht mehr nur ein Junge. Ich wurde jemand, den man kannte. Und manchmal, wenn der Chef nach Hause ging, übernahm ich für eine Stunde den Tresen. Nur kurz. Nur wenn es nötig war. Aber ich wusste: Es war der Anfang.

Mit dem Respekt kam die Aufmerksamkeit. Von den Gästen. Und von denen, die sich für wichtig hielten.

Es waren zwei Typen, die sich mir besonders früh an die Fersen hängten. Rob und Mike – beide Mitte zwanzig, immer mit Sonnenbrille, auch nachts. Sie hatten keine festen Jobs, aber immer Geld. Fuhren Autos, trugen Marken, gaben großzügig Trinkgeld. Und sie mochten mich. Zu sehr.

„Du hast Talent, Kleiner", sagte Rob, der größere von beiden. „Du kannst Menschen lesen. Das kann man nicht lernen."

Ich fühlte mich geschmeichelt. Endlich jemand, der mich nicht nur arbeiten sah, sondern mehr. Ich wusste nicht, was sie wirklich machten. Ich fragte auch nicht. Es war besser so. Manchmal gaben sie mir Tipps – zu Gästen, zu Getränken, zu Frauen. Manchmal testeten sie meine Loyalität, subtil. Sie boten mir einen Job an: Türsteher bei einem neuen Projekt. Nichts Illegales, sagten sie.

Nur ein bisschen Sicherheit. Nur ein bisschen Kontrolle.

Ich zögerte. Aber das Gefühl, gebraucht zu werden, war zu verlockend. Ich sagte zu. Drei Nächte. Dann kündigte ich. Ich sah Dinge, die ich nicht verstehen wollte. Menschen, die nicht freiwillig gingen. Stimmen, die schrien, bevor die Musik lauter wurde. Rob zwinkerte nur. „So ist das Spiel."

Ich verließ es. Leise. Ohne Drama. Aber ich hatte etwas gelernt: Nicht alle, die dir die Tür aufhalten, meinen es gut. Und nicht alle Freunde sind Freunde.

Zurück im Club arbeitete ich konzentrierter als je zuvor. Ich hielt mich raus aus den falschen Geschichten – und fand langsam meine eigenen. Ich wusste jetzt, was ich nicht wollte. Und das ist mehr, als viele je wissen.

In jener Zeit kam jemand Neues in den Club. Ein Mann, Mitte vierzig, mit silbergrauem Haar und einem Gesicht, das wenig verriet. Er beobachtete mich mehrere Abende lang. Dann legte er mir seine Karte auf die Bar.

„Wenn du mal darüber nachdenkst, selbst was aufzuziehen – ruf mich an."

Ich rief nicht sofort an. Aber ich steckte die Karte ein. Ganz hinten ins Portemonnaie, dahin, wo man Träume parkt, bis man bereit ist.

Falsche Freunde, echte Chancen

Es begann mit einem Drink. Gin Tonic, zwei Limetten, kein Eis. Sie bestellte für uns beide, ohne mich zu fragen. „Du magst das", sagte sie und zwinkerte. Ich mochte es tatsächlich. Ich mochte auch ihr Lachen, das zu laut war, um echt zu sein, und doch etwas in mir lockerte.

Sie war älter, vielleicht zehn Jahre, trug Lederjacke und Lügen wie Lippenstift – elegant, kühl, geschult im Spiel. Sie nannte mich „Baby" und sah mich an, als hätte sie längst entschieden, was sie mit mir vorhatte. Ich ließ es geschehen. Denn ich spürte: Diese Frau kann Türen öffnen, von denen ich nicht mal wusste, dass sie existieren.

Sie nahm mich mit. Nicht nur in Clubs, sondern in Hinterzimmer, auf Dachterrassen, in Limousinen mit beschlagenen Scheiben. Ich sah Frauen, die sich mit einem Blick auskleideten. Männer, die Befehle wie Geschenke verteilten. Ich war neu – aber nicht naiv. Und ich lernte schnell: Wer an der Seite der richtigen Person geht, wird selbst sichtbar. Sogar begehrenswert.

Einmal nahm sie meine Hand, führte sie unter den Tisch. Ihre Finger lagen über meinen, lenkten mich. Ich wusste nicht, ob ich geführt oder geprüft wurde. Aber ich gehorchte. Und ich merkte, dass mein Körper schneller lernte als mein Verstand.

In dieser Zeit war Lust immer verknüpft mit Macht. Wer küsst zuerst? Wer bleibt länger? Wer zieht sich an, um gesehen zu werden – und wer aus? Ich war Spielzeug und Spieler zugleich. Und ich genoss es. Jeden Moment. Auch wenn ich ahnte, dass der Preis irgendwann fällig wird.

Sie verschwand irgendwann, wie eine Rauchspur nach einem Feuerwerk. Aber das, was sie mir gezeigt hatte, blieb: Dass Nähe oft eine Wette ist. Und dass man manchmal gewinnen kann – sogar dann, wenn man benutzt wurde.

Szene, Spiel, Sog: Wie du Chancen erkennst, ohne dich zu verlieren

Wenn du einen eigenen Club gründen willst, wird es Momente geben, in denen dir Menschen begegnen, die mehr wissen, mehr haben oder mehr gesehen haben als du. Sie wirken souverän, charmant, lässig. Und sie öffnen Türen. Türen zu Netzwerken, zu Deals, zu Räumen, in die du sonst nie kommen würdest.

Das kann ein Segen sein. Oder ein langsames Gift. Ich spreche hier von der Szene. Von Menschen, die das Nachtleben nicht nur kennen, sondern steuern. Die wissen, wer was darf. Wer was zahlt. Und wer was zu geben hat. Oft sind es genau diese Kontakte, die dich in kurzer Zeit weit bringen – aber nur, wenn du weißt, wer du bist, bevor du ihnen begegnest.

Hier ein paar Dinge, die du unbedingt beachten solltest:

1. **Nicht jede Einladung ist eine Ehre.**
   Wenn jemand dich mitnimmt, frag dich: Warum? Geht es wirklich um dich – oder um das, was du für ihn oder sie darstellen kannst? Präsenz, Jugend, Frische, Unerfahrenheit? Manchmal bist du nur ein Accessoire. Werde dir dessen bewusst – ohne dich klein zu machen.
2. **Nähe kann manipulieren.**
   In der Szene ist Körperkontakt schnell. Ein Drink, ein Lächeln, eine flüchtige Berührung – alles Teil des Spiels. Und plötzlich steckst du drin. Mach dir klar: Erotik wird hier oft als Währung eingesetzt. Wer sich dessen nicht bewusst ist, zahlt am Ende drauf.
3. **Lerne zu unterscheiden: Freundschaft oder Funktion.**
   Echte Freunde gönnen dir Erfolg, auch wenn du dich löst. Falsche Freunde verlieren das Interesse, sobald du eigene Wege gehst. Spätestens, wenn du deinen Club

wirklich eröffnest, wird klar, wer dich un-
terstützt – und wer dich nur benutzt hat.

4. **Sei dankbar für Chancen – aber bleib
dein eigener Chef.**
Nutze das Wissen, das du bekommst. Be-
obachte. Frag nach. Aber gib deine Haltung
nicht auf. Es ist verlockend, sich einzulas-
sen. Aber wenn du erst einmal in einem
System hängst, das du nicht verstehst,
wirst du zum Spielball.

Denn ein Club ist mehr als ein Ort. Es ist ein Ausdruck deiner Persönlichkeit. Deiner Werte. Deiner
Grenzen. Und wenn du das verlierst – verlierst du
alles.
Bleib offen. Bleib lernfähig. Aber vor allem: Bleib
bei dir.

Kapitel 8 – Frauen, Macht und die Sprache der Körper

Ich habe nie geglaubt, dass es einen Unterschied macht, was eine Frau anzieht. Aber ich wusste genau, was es mit einem Raum macht, wenn sie ihn betritt.

Es war nicht die Kleidung. Es war der Gang. Die Art, wie jemand die Schulter leicht nachzieht, wenn sie sich setzt. Oder wie sie den Blick eine Sekunde zu lang hält – oder eine Sekunde zu früh senkt. Ich war kein Schöngeist. Ich war kein Verführer. Aber ich war ein Beobachter. Und ich wusste: Der Körper spricht, bevor jemand ein Wort sagt.

In der Bar lernte ich schnell, dass Erotik kein Angebot ist, sondern eine Machtfrage. Wer sich seiner Wirkung bewusst war, spielte damit. Wer nicht – wurde gespielt.

Die Frauen, die kamen, wollten gesehen werden. Manche wollten vergessen. Andere wollten sich erinnern. Ich sah alles. Und ich hielt es fest – nicht auf Papier, sondern im Kopf. Bewegungen. Muster. Unsicherheiten. Stolz. Es war wie ein Spiel ohne Regeln – und ich war gut darin, es zu lesen.

Es gab eine Frau, die immer allein kam. Sie bestellte einen Gin Tonic, saß am Ende des Tresens und sah niemanden an. Aber sie wusste, dass sie gesehen wurde. Ihre Lippen waren rot. Ihre Nägel schwarz. Sie tanzte nie. Sie wartete. Aber worauf? Ich wusste es nicht. Doch ich spürte, dass sie eine Geschichte hatte, die man nicht laut erzählen konnte. Vielleicht deshalb faszinierte sie mich so. Einmal fragte ich sie, warum sie immer allein komme.

Sie lächelte. „Weil ich dann nicht enttäuscht werden kann."

Wir redeten nur dieses eine Mal. Aber ich vergaß sie nie.

Im Club ging es oft um Macht. Wer hat sie? Wer verliert sie? Wer nimmt sie sich zurück? Und nirgendwo war das so deutlich wie im Spiel zwischen Männern und Frauen. Es ging nicht nur um Sex. Es ging um Sichtbarkeit. Um das Gefühl, Einfluss zu haben – auf sich selbst, auf andere, auf das Jetzt.

Ich merkte, wie ich mich veränderte. Ich sprach anders. Bewegte mich anders. Ich wurde selbst zur Figur in dem Spiel, das ich vorher nur beobachtet hatte. Frauen sahen mich. Und ich sah, wie sie mich sahen. Es machte etwas mit mir. Ich genoss es. Und ich fürchtete es.

Denn mit jeder Berührung, jedem Blick, jedem Flirt wuchs auch die Frage: Wo endet das Spiel? Und wer verliert, wenn beide glauben, gewonnen zu haben?

Ich war noch kein Clubbesitzer. Noch kein König der Nacht. Aber ich wusste jetzt, wie man einen Raum betritt, ohne zu sprechen – und ihn trotzdem verändert.

Das war der Moment, in dem ich verstand: Macht ist nicht laut. Sie ist leise. Sie ist ein Blick. Ein Lächeln. Eine Bewegung, die alles verändert.

Frauen, Macht und die Sprache der Körper

Ich begann zu verstehen, dass nicht Worte die Regeln bestimmten, sondern Bewegungen. Die Art, wie eine Frau sich über die Theke beugte, wie sie ihre Haare aus dem Gesicht strich oder ihr Glas hielt – das war keine Nebensache. Es war Kommunikation. Und ich begann, sie zu lesen wie andere Menschen Lippen.

Da war eine Tänzerin, deren Name sich mir nie eingeprägt hat, aber ihr Gang hat sich eingebrannt. Sie betrat den Raum nicht – sie markierte ihn. Jeder Schritt ein Satzzeichen. Jede Drehung eine Einladung. Sie sprach nicht viel, aber ihr Rücken war beredter als mancher Monolog. Ich sah Männer, die den Kopf senkten, sobald sie an ihr vorbeiging. Frauen, die sich zurechtrückten, als würden sie geprüft.

Ich stand an der Wand und sog das auf. Nicht lüstern. Lernend.

In dieser Zeit veränderte sich mein Verhältnis zu Lust. Es war nicht mehr nur Erregung – es war Macht. Nicht im Sinne von Dominanz, sondern von *Wirkung*. Ich beobachtete Frauen, die mit einem Schulterzucken die Richtung eines Gesprächs bestimmten. Die mit einem Blick Grenzen zogen oder öffneten. Und ich erkannte: Wer seinen Körper kennt, spricht eine Sprache, die keine Übersetzung braucht.

Einmal stand ich hinter der Bar, als sie kam – tief ausgeschnitten, aber ohne jede Anbiederung. Sie bestellte leise, aber mit einem Ton, der keine Widerrede duldete. Als ich ihr den Drink reichte, berührte sie dabei meine Finger. Es war kein Zufall. Es war ein Signal. Nicht: „Ich will dich." Sondern: „Ich weiß, dass du willst – und ich entscheide, ob ich es zulasse."

Ich spürte, wie sich etwas in mir verschob. Ein Rollenwechsel. Ich war nicht mehr nur der, der beobachtete. Ich war Teil des Spiels. Und das Spiel war nicht immer fair – aber immer ehrlich. Wer seinen Körper spricht, braucht keine Lügen.

In diesen Nächten habe ich gelernt: Erotik ist keine Technik. Es ist Haltung. Und Frauen, die ihre Körper sprechen lassen, lehren dich Demut. Und Verlangen.

Bühne Körper: Wie du Raum für Präsenz schaffst, nicht für Klischees

Wenn du einen Club eröffnest, wirst du schnell merken: Körper sprechen. Lauter, klarer und ehrlicher als Worte. Gerade Frauen nutzen diese Sprache oft mit einer Eleganz und Selbstverständlichkeit, die weit über das hinausgeht, was du kontrollieren oder kalkulieren kannst. Das bedeutet: Du kannst diese Sprache nicht steuern. Aber du kannst den Raum schaffen, in dem sie sich entfalten darf.

Und genau darum geht es.

Denn viele Clubs machen einen entscheidenden Fehler: Sie inszenieren Erotik – aber sie überinszenieren Frauen. Zu grell, zu klischeehaft, zu männlich gedacht. Und sie merken nicht, dass sie damit das verlieren, was wirklich wirkt: Präsenz. Authentizität. Selbstbestimmung.

Hier ein paar Dinge, die du als Gastgeber:in wirklich verstehen solltest:

1. **Charisma schlägt Klischee.**
   Frauen brauchen keine Bühne, auf der sie etwas *spielen* sollen. Sie brauchen einen Raum, in dem sie sich *zeigen* können – echt, individuell, stark. Ob barfuß oder im Lackdress spielt dabei keine Rolle. Wichtig ist: Sie entscheiden. Du sorgst für die Atmosphäre, nicht für die Pose.

2. **Blickachsen sind Machtachsen.**
   Achte beim Aufbau deines Clubs auf Sichtlinien. Wer sieht wen? Wer steht im Licht, wer im Schatten? Erotik entsteht dort, wo Menschen sich begegnen können – nicht dort, wo sie exponiert oder vorgeführt werden.

3. **Körpersprache braucht Respekt.**
   Je mehr du den Körpern im Raum Raum

gibst, desto stärker wirkt ihre Sprache.
Das heißt aber auch: Dein Personal muss
geschult sein, nicht nur Drinks zu servieren, sondern auf Stimmung zu achten. Wer
sich sicher fühlt, bewegt sich freier. Und
wer sich frei bewegt, bringt Energie in den
Raum.

4. **Nicht der Körper macht den Club – sondern das, was durch ihn spricht.**
Manche Frauen flirten mit einem Tanz. Andere mit einem einzigen Blick. Manche sagen nichts – und sind trotzdem Mittelpunkt. Deine Aufgabe ist nicht, das zu
bewerten. Deine Aufgabe ist, es zu ermöglichen.

Denn der Reiz eines guten Clubs liegt nicht in
dem, was offen daliegt – sondern in dem, was sich
zeigt, wenn man hinsieht. Und manchmal ist das
Schönste nicht das, was zu sehen ist. Sondern
das, was sich zwischen den Bewegungen entfaltet:
eine Sprache, die jeder kennt – aber nur wenige lesen können.

Kapitel 9 – Die Geburt des Clubs

Der Moment, in dem du deinen eigenen Schlüssel drehst, ist nicht der Beginn deines Traums. Es ist der Punkt, an dem du begreifst, dass du ihn jetzt bezahlen musst.

Die Idee war nicht neu. Sie war wie ein unterirdischer Strom, der schon lange durch mich floss. Ich hatte sie gespürt, lange bevor ich wusste, wie man einen Raum mietet oder ein Gewerbe anmeldet. Es war weniger ein Plan – mehr eine Sehnsucht. Nicht nach Geld. Nicht nach Ruhm. Sondern nach einem Ort, der mir gehörte. Einem Raum, in dem ich die Regeln machte.

Der Raum war früher ein Getränkemarkt gewesen. Kalte Neonröhren, rissiger Boden, der Geruch von Bierdeckeln und abgestandener Brause. Kein Mensch hätte sich dort ein Nachtleben vorstellen können. Ich schon.

Ich sah keine Fliesen. Ich sah Licht. Bewegung. Schatten. Ich sah Frauen in Samt, Männer in Halbdunkel, Hände an Gläsern, Lippen an Schultern, und ein leises Knistern in der Luft wie vor einem Gewitter.

Ich hatte kein Geld. Aber ich hatte eine Idee. Und ich hatte jemanden, der mir glaubte: Leo. Der Mann mit der Karte. Er war kein Engel, aber auch kein Teufel. Er war Geschäftsmann. Und er wusste, dass manche Träume besser sind als Businesspläne.

Wir schlossen einen Deal. Ich bekam das Startkapital – er bekam Beteiligung. Keine Verträge. Nur ein Handschlag. Und ein Blick, der sagte: Wenn du es versaust, gehörst du mir.

Ich arbeitete Tag und Nacht. Schliff den Boden, schleppte Möbel, schraubte Lampen. Ich ging auf den Trödelmarkt, kaufte antike Spiegel, vergoldete

Bilderrahmen, dunkle Vorhänge. Ich wollte keinen Club wie alle anderen. Ich wollte einen Ort, der flüstert. Der dich anzieht. Der dich nicht mehr gehen lässt.

Den Namen fand ich bei einem Gespräch mit einem Typen, der mir beim Streichen half. Er sagte, für ihn seien alle Frauen – selbst die solidesten – am Ende „bitches". Heiß, verrucht, melancholisch. Ich sagte nur: „Dann nennen wir ihn eben so."

Er hieß von da an **Bitches**.

Eröffnung war im Spätsommer. Es kamen mehr Leute, als ich erwartet hatte. Die Musik war zu laut, die Lichter zu dunkel, die Theke klebte. Aber niemand ging. Sie blieben. Weil sie etwas spürten. Etwas, das nicht im Prospekt stand.

Ich stand an der Tür, beobachtete, wie sich alles bewegte, und fühlte: Das ist es. Mein Raum. Mein Klang. Mein Spiel.

Und ich wusste: Ich würde dafür einen Preis zahlen. Aber nicht heute Nacht.

Die Geburt des Clubs

Die Halle war kalt, roh, leer – noch. Ich stand in der Mitte, Stahlträger über mir, nackte Glühbirne an der Wand, und spürte, dass dieser Raum bald nicht mehr nur Beton sein würde. Sondern Fleisch. Bewegung. Begierde. Ich sah die Fläche, den Schattenwurf, die möglichen Zonen. Ich sah das, was noch nicht da war – aber kommen würde.

Ich trug mein Shirt locker, der Nacken feucht vom Staub, die Hände tief in den Taschen. Und dann hörte ich Schritte. Absatz auf Beton. Zielsicher, langsam, ungeduldig.

Sie kam durch den Seiteneingang, ohne anzuklopfen. Eine Freundin eines Bekannten, irgendwas mit Performance, irgendwas mit Kunst. Was ich sah, war kein Kunstprojekt. Sondern ein Körper, der genau wusste, was er konnte.

Sie trug ein bodenlanges Kleid mit seitlichem Schlitz, der so weit reichte, dass man bei jedem Schritt den Oberschenkel sah – sehnig, glatt, gebräunt. Ihre Lippen glänzten, der Blick war tief und eindeutig. Kein Lächeln. Nur diese Präsenz.

„Also hier soll's passieren?", fragte sie, die Stimme rau, tiefer als erwartet.

„Ja", sagte ich. „Aber nicht allein."

Sie ging an mir vorbei, langsam, ließ ihre Fingerspitzen über mein Schulterblatt streifen – beiläufig, fast prüfend. Dann blieb sie stehen, drehte sich um, sah mich direkt an. Kein Flirt. Eine Herausforderung.

„Ich könnte mir vorstellen, hier zu tanzen", sagte sie. „Oder auch... mehr."

Ihr Blick glitt über meinen Körper, als würde sie prüfen, ob ich das Zeug dazu hatte, diesen Ort zu führen. Nicht als Betreiber. Als Mann. Ich trat einen Schritt näher, stand jetzt direkt vor ihr. Keine Worte. Nur Nähe. Hitze.

„Hier drin", sagte ich leise, „entscheidet sich alles im Blick. Kein Smalltalk. Kein Theater. Wenn du reinkommst, lässt du deine Geschichte an der Tür. Drinnen gilt nur, wer du bist – wenn niemand zuschaut. Und wer du wirst – wenn es jemand doch tut."

Sie hielt meinem Blick stand. Einen Moment zu lang. Dann biss sie sich auf die Unterlippe, drehte sich um – und verschwand wieder durch die Tür, durch die sie gekommen war. Ohne ein Wort.

Aber ihr Geruch blieb. Warm, süß, fordernd. Eine Mischung aus Moschus und Gefahr.

Ich wusste in dem Moment: Ich bin bereit. Für diese Frauen. Für diese Nächte. Für das Spiel zwischen Kontrolle und Kontrollverlust. Dieser Club war nicht nur ein Raum, den ich eröffnen würde.

Er war ein Teil von mir, der endlich einen Namen bekam.

Clubgründung: Was du brauchst, bevor du die Tür öffnest

Bevor du den ersten Drink servierst, den ersten Gast reinlässt oder die Musik anmachst, musst du dir eine Frage stellen: **Wofür steht dieser Raum?** Ein guter erotischer Club entsteht nicht durch Samtvorhänge, teure Lautsprecher und ein paar schöne Menschen in Lack. Der entsteht im Kopf. Und in deiner Haltung. Hier ist, was du wirklich brauchst – und was du besser wissen solltest, bevor du deinen Namen aufs Klingelschild schreibst:

1. **Du brauchst eine klare Vision – nicht nur einen Look.**
   Willst du einen Raum für Voyeurismus, für Nähe, für stilvolle Ausschweifung? Oder einen Ort für Kontrolle, Machtspiele, sinnliche Rituale? Du musst wissen, worauf du hinauswillst – sonst verirren sich deine Gäste. Und du dich mit ihnen.

2. **Räume brauchen Führung.**
   Dein Club ist kein Selbstläufer. Wer was darf, wo was passiert, welche Zonen offen oder geschützt sind – das musst *du* festlegen. Und zwar nicht im Chaos der ersten Nacht, sondern *vorher*. Sinnlichkeit ohne Struktur wird schnell zum Risiko. Für deine Gäste. Für deinen Ruf. Für dich.

3. **Erotik braucht Vertrauen.**
   Das beginnt an der Tür – aber es hört im Detail nicht auf. Wer sich auszieht, will nicht entblößt werden. Wer sich zeigt, will gesehen werden – nicht bewertet. Du

brauchst ein Team, das das versteht. Kein billiges Personal. Keine Machos. Keine Gaffer. Sondern Menschen mit Augenmaß und Haltung.

4. Die ersten Gäste prägen dein ganzes Konzept.

Lade niemand ein, nur weil er zahlen kann. Oder hübsch ist. Oder Einfluss hat. Lade Menschen ein, die *spüren*, was du willst. Die ein Gefühl dafür haben, wann Nähe beginnt – und wann sie aufhört. Die wissen, wie man sich in einem Raum bewegt, der mehr ist als eine Tanzfläche.

5. Unterschätze nicht die Energie, die du selbst mitbringst.

Du bist nicht nur Gastgeber. Du *bist* der erste Ton, der erste Blick, der erste Puls. Wenn du verunsichert bist, verunsichert sich der Raum. Wenn du klar bist, entsteht Magie. Aber du musst bereit sein, diesen Raum zu halten. Auch, wenn's knistert. Auch, wenn's knallt.

Fazit?
Ein Club ist kein Ort für Menschen, die einfach „was probieren" wollen. Es ist ein Spiegel für alles, was du bist – und alles, was du nicht sein willst. Wenn du das aushältst: Mach ihn auf.
Und sorge dafür, dass niemand den Ort wieder verlässt, ohne etwas von sich dort gelassen zu haben.

„Der hatte was. Nicht so'n Macho – mehr wie Strom unter der Haut."

Ein Interview mit Sandy, 39, Tänzerin, Barkeeperin, Lebenskünstlerin

Frage:
Sandy, erinnerst du dich noch, wie du ihn das erste Mal getroffen hast?

Antwort:
Na klar! Ich war mit ner Freundin da – war so ein Tipp aus'm Studio. Wir dachten erst, das wär wieder so 'ne Nummer mit kaltem Prosecco und warmen Versprechen. Aber dann stand er da. Dunkle Augen, ganz ruhig. Keine Show, weißte? Der hatte so'n Blick, als würde er dich erst ausziehen und dann fragen, ob's okay war. Aber auf ne gute Art, verstehst du?

Frage:
Was hat dich sofort gereizt?

Antwort:
Der hat nicht geglotzt. Und trotzdem hatteste das Gefühl, du wirst angezogen wie von 'nem Magnet. Ich steh total auf Präsenz, ne? Viele labern oder versuchen dich mit Drinks zu beeindrucken. Er? Hat kaum was gesagt. Aber ich hab trotzdem gespürt, wie mein Slip... naja, sagen wir: Ich war bereit. Ohne dass er mich überhaupt berührt hat.

Frage:
Was war das Besondere an diesem Abend?

Antwort:
Ich hab viel erlebt, ne? Wirklich viel. Auf und hinter Bühnen, im Auto, im Aufzug, manchmal auch im Flur. Ich mag Sex – nicht als Ersatz für irgendwas, sondern weil's schön ist, weil's echt ist. Und in dem Club, in seinem Club, war das anders. Da konnteste Lust haben, ohne dich billig zu fühlen. Alles

war so... erlaubt. Ohne platt zu sein. Ich hab mich angefasst gefühlt, obwohl mich keiner angefasst hat – kapierst du das?

Frage:
Gab's zwischen euch mal was?

Antwort:
Haha – das fragense alle. Nee, nicht direkt. Es war so ein Spiel. Ich bin öfter aufgetaucht, extra so angezogen, dass man gucken musste. Ich tanze gern, wenn ich gespürt werde. Und er hat mich gespürt. Jedes Mal. Aber er hat nie zugegriffen. Der konnte dich mit einem Blick fesseln – und wieder freilassen. Ich glaub, ich wär mit ihm überall hingegangen. Auch dahin, wo's weh tut.

Frage:
Was ist dir heute noch in Erinnerung?

Antwort:
Der Moment, wo ich ihn fast geküsst hätte. Wir standen draußen, ich war verschwitzt, barfuß, bisschen betrunken, ehrlich gesagt. Und er hat mir die Haare aus dem Gesicht gestrichen. Ganz langsam. Da war kein Sex. Aber da war alles. Wenn du so was einmal spürst, lässt du dich auf viele Spiele danach nicht mehr ein.

Frage:
Und wie war der Club für dich?

Antwort:
Wie eine Einladung zu was, das du nicht erklären kannst. Du gehst rein – und irgendwas in dir sagt: Jetzt wird's echt. Ich hab da Dinge getan, die ich sonst nur geträumt hab. Aber nie bereut. Und weißt du warum? Weil der Typ das Ganze geführt hat wie ein Tanz. Nicht von oben. Sondern von innen.

Kapitel 10 – Das System hinter dem Lächeln

Wer einen Club besitzt, lernt schnell: Die Nacht ist eine Bühne – aber der Tag ist ein Büro.

Während andere schliefen, saß ich mit zerzausten Haaren und müden Augen am Laptop. Ich prüfte Rechnungen, kalkulierte Getränkepreise, rechnete Trinkgelder gegen Stromkosten auf. Ich bestellte Spirituosen in Mengen, die ein Haushalt nie verbrauchen würde. Ich lernte, dass Kühltechnik teurer sein kann als ein Plattenspieler, dass DJ-Gagen verhandelbar sind – und dass Lächeln auch Teil des Geschäfts ist.

Denn hinter der Bar, hinter dem roten Samt, hinter der Musik, die die Nacht atmen ließ, war alles ein System. Kontrolle war nicht mehr nur ein Spiel. Sie war nötig. Wenn du nicht aufpasst, tanzen sie dir auf dem Tresen – und irgendwann auch auf der Nase.

Ich stellte Personal ein. Menschen, die mir gefielen. Menschen, die auffielen. Menschen, die wussten, wie man einen Raum mitgestaltet. Manche waren gekommen, um zu bleiben. Andere kamen, um sich selbst neu zu erfinden – für ein paar Stunden, für ein paar Nächte, bis sie verschwanden.

Ich war Gastgeber, Manager, Psychologe, manchmal Türsteher, manchmal Therapeut. Ich wusste, wer zu viel trank, wer zu viel fragte, wer zu oft kam – und warum. Ich musste wissen, wann ich wegsah – und wann ich einschritt.

Ich führte Listen. Nicht offiziell. Nur im Kopf. Wer küsste wen? Wer war in wen verliebt? Wer stand kurz davor, etwas Dummes zu tun? Ich war derjenige, der den Laden zusammenhielt, ohne dass es jemand bemerkte.

Aber auch ich war Teil des Spiels. Ich flirtete. Ich lächelte. Ich trug Hemden, die mir früher nie gestanden hätten, und Sätze, die ich irgendwann selbst glaubte: „Alles unter Kontrolle." „Ich mach das schon." „Ist doch nur ein Club."
Doch ein Club ist nie nur ein Club.
Er ist Projektionsfläche. Revier. Zuflucht. Verhängnis. Und du, als Betreiber, bist der, an dem sich alles spiegelt. Auch die Risse.
Ich begann zu trinken. Nicht viel. Nur ein Glas hier, ein Shot da. Um zu lockern. Um dazuzugehören. Um nicht zu spüren, wie schwer der Raum manchmal auf meinen Schultern lag. Ich wurde zum Teil meines eigenen Konzepts. Und manchmal wusste ich nicht mehr, ob ich der war, der das Licht dimmte – oder der, der darin unterging.
Doch ich hatte gelernt, zu funktionieren. Ich lächelte. Ich bewegte mich durch die Menge wie ein Tänzer, der nie aus dem Takt geraten durfte.
Denn das System war einfach: Wer lächelt, wird nicht gefragt.

Das System hinter dem Lächeln

Es war einer dieser Samstage, an denen alles stimmte.
Die Playlist war perfekt. Die Bar lief wie geschmiert. Die Gäste sahen aus wie Hochglanz – und benahmen sich genauso.
Ich ging durch den Raum, schwarzes Hemd, offener Kragen, ein Drink in der Hand, der nie leer wurde, weil er nie getrunken wurde.
Ich nickte, lächelte, drückte Hände. Ich sagte Sätze, die wie Automatismen aus mir kamen:
„Schön, dass du da bist."
„Nur ein Moment, ich kümmer mich."
„Klar, kenn ich dich noch."
Neben der Bar stand **Luisa**, neu, schlank, aufmerksam, etwas zu gut geschminkt.

Sie bewegte sich zwischen den Gästen wie jemand, der weiß, dass er gesehen wird.

Ich mochte ihre Art. Ihre Schnelligkeit. Ihr stilles Beobachten.

Sie war wie ich. Nur jünger. Noch ungebrochener.

Gegen halb drei stand ich mit ihr im Lager.

Nur kurz, wegen einer neuen Lieferung.

Sie drehte sich zu mir um, hielt mir die Flasche hin – Wodka, teuer, unnötig.

„Der geht heute wie Wasser", sagte sie.

Und dann, nach einer Sekunde zu viel:

„Und du? Gehst du auch irgendwann mal? Oder bleibst du einfach hier, bis du dich selbst vergisst?"

Ich lächelte.

Natürlich.

Wie immer.

Aber innen drin zog sich etwas zusammen.

Nicht aus Scham.

Sondern weil ich wusste:

Sie hatte's gesehen.

Das System.

Die Müdigkeit hinter der Bewegung.

Den Mann hinter dem Gastgeber.

Ich nahm die Flasche, stellte sie ins Regal, sah sie nicht mehr an.

„Manchmal", sagte ich leise, „frag ich mich, ob ich überhaupt noch tanze – oder ob ich nur das Licht bediene, damit es niemand merkt."

Luisa schwieg.

Und das war das Ehrlichste, was sie tun konnte.

Ich verließ das Lager, betrat den Club wieder – und lächelte.

Wie immer.

Denn das System war klar.

Wer lächelt,

wird nicht gefragt.

Systeme retten dich. Nicht dein Lächeln.
Ich habe früh gelernt:
Ein Club läuft nicht auf Stimmung.
Er läuft auf Struktur.
Und wenn du ihn ohne System führst,
dann wird er dich früher oder später auffressen –
oder du verlierst dich in der Rolle,
die du dir selbst auferlegt hast.
Hier sind fünf Dinge, die ich mir mit Blut, Wodka
und durchgearbeiteten Nächten beigebracht habe:

1. **Mach dir nichts vor: Du bist kein Rockstar. Du bist Unternehmer.**
   Egal wie viel du tanzt, flirtest, in Samt gehüllt bist –
   wenn du nicht weißt, was Strom kostet,
   wie man mit Lieferanten verhandelt
   und wann dein Personal neue Schuhe
   braucht,
   dann wirst du ausbrennen.
   Nicht aus Lust – aus Nachlässigkeit.

2. **Menschen sind keine Maschinen – aber dein Kalender muss einer sein.**
   Meetings, Einkauf, Pausen, Sicherheitschecks, Schichtpläne:
   Wenn du das nicht führst, führt es dich.
   Ich hatte einmal sechs Wochen lang keine
   einzige echte Pause.
   Ich hab funktioniert.
   Aber ich war nicht mehr da.
   Und genau das merkt irgendwann jeder –
   auch wenn du lächelst.

3. **Stell klüger ein, als du selbst bist.**
   Ich habe nie nach Lebensläufen eingestellt.
   Ich habe nach Energie gesucht.
   Nach Menschen, die Räume spüren.

Nach Leuten, die sich kümmern, wenn du nicht da bist.
Ein guter Barkeeper ist mehr wert als ein ganzes Lichtsystem –
wenn er weiß, wie man Menschen liest.

4. Trenne Szene von Seele.

Du kannst Teil des Spiels sein.
Aber bleib dir selbst treu.
Ich hab irgendwann angefangen, jeden Abend ein Ritual für mich einzubauen:
15 Minuten allein. Ohne Musik.
Ein kurzes Schreiben. Ein Blick aus dem Fenster. Irgendetwas, das nur *mir* gehört.
Das hat mir den Kopf gerettet.

5. Lächeln ist nicht falsch – aber es ersetzt keine Klarheit.

Wenn du Fehler machst, steh dazu.
Wenn du müde bist, sag's einem Menschen, der es aushält.
Wenn du gehst, geh aufrecht.
Du musst nicht alles überspielen.
Denn das System, das dich schützt,
basiert nicht auf Maske –
sondern auf **Mut zur Echtheit**.

Fazit?

Ein Club kann glänzen.
Aber du darfst darin nicht verblassen.
Baue dir Systeme.
Nicht, um weniger Mensch zu sein –
sondern damit du überhaupt Mensch bleiben kannst.
Denn die Nacht ist nur dann schön,
wenn du weißt, dass du auch durch den Tag kommst.

Teil III – Sex, Kontrolle und der Preis der Freiheit

Kapitel 11 – Was Menschen wollen

Es war nie nur der Alkohol. Nie nur die Musik. Nie nur das Licht, das sanft über nackte Schultern strich. Es war das, was zwischen den Worten lag. Das, was nicht ausgesprochen wurde – aber in jedem Blick bebte.

Ich habe nie behauptet, ein Verführer zu sein. Ich war kein Draufgänger, kein Mann mit gezielten Sätzen oder durchtrainierten Oberarmen. Aber ich wusste, wie Räume wirken. Wie man Spannung erzeugt. Wie man Stille zu einem Versprechen macht. Und irgendwann verstand ich, dass genau das es war, was Menschen wollten: nicht den Akt – sondern die Ahnung davon.

Die ersten Nächte, in denen Paare in den Ecken verschwanden, bemerkte ich kaum. Ich hatte anderes zu tun. Dann wurden es mehr. Und irgendwann war es Teil der Atmosphäre. Als hätte der Raum selbst die Kleidung gelockert, das Denken entgrenzt.

Es begann mit kleinen Berührungen – ein Lächeln, das zu lange blieb, eine Hand, die beiläufig auf einem Rücken verharrte. Dann Küsse, die keine Rücksicht auf Raum oder Rolle nahmen. Und schließlich Körper, die sich fanden, als gäbe es nichts anderes mehr als dieses Jetzt.

Ich richtete einen Raum her – halb versteckt, halb gewollt sichtbar. Dunkle Vorhänge, große Polster, ein alter Spiegel. Kein Reden darüber. Kein Schild an der Tür. Nur ein Blick, ein Nicken, ein Verschwinden.

Ich hatte Regeln – auch wenn sie keiner aussprach: Konsens. Respekt. Diskretion. Aber ich wusste, dass ich mich auf dünnem Eis bewegte. Ich war kein Zuhälter, kein Bordellbetreiber. Und doch war ich derjenige, der Räume schuf, in denen Wünsche explodieren konnten. Ich war Gastgeber – aber auch Grenzgänger.

Einmal fragte mich ein Stammgast, Mitte fünfzig, elegant, verheiratet, ob ich nicht selbst auch... Ich lächelte. Sagte nichts. Aber in meinem Inneren brannte eine Frage, die sich von Nacht zu Nacht lauter machte: Wo ist meine Grenze?

Denn irgendwann konnte ich nicht mehr unterscheiden, ob ich noch beobachtete – oder längst Teil war. Es gab Abende, da lag ich mit einer Frau im Nebenraum, während draußen die Musik weiterlief. Ihre Haut duftete nach Rauch und teurem Parfum. Sie flüsterte mir Dinge ins Ohr, die ich nicht glauben konnte. Ich fragte sie, was sie wirklich wolle.

Sie sagte: „Jemanden, der mich nicht fragt."
Ich fragte trotzdem.

Was Menschen wollen

Ich habe sie kommen sehen. Immer wieder. Paarweise, allein, zögerlich, entschlossen. In Latex, in Kaschmir, mit nackten Füßen oder Absatz, der zu hart für den Boden war. Sie sagten Dinge wie „Ich schau mich nur mal um" oder „Wir sind neugierig". Aber ich wusste es besser. Was sie wollten, stand nie auf dem Flyer. Es stand in ihren Augen, im flackernden Blick, in der Unruhe ihrer Hände, wenn sie das Glas hielten.

Sie wollten nicht gesehen werden. Sie wollten *erkannt* werden.

Eine Frau kam, immer mittwochs. Anfang vierzig, Anwältin. Teures Parfum, scharf geschnittener Blazer, ein Blick wie eine Linie Koks. Sie betrat den Club, als würde sie verhandeln – aber wenn sie ging, war ihre Bluse offen und ihre Stimme heiser. Sie wollte nicht dominiert werden. Sie wollte sich fallen lassen dürfen, ohne schwach zu sein. Also ließ ich sie führen – bis sie von selbst losließ.

Ein anderer – jung, Muskelshirt, selbstbewusst wie ein Boxer – kam nur, um angefasst zu werden. Nicht körperlich. Seelisch. Er stellte sich immer dorthin, wo er gesehen wurde. Nah an der Tanzfläche, aber nie tanzend. Er wollte, dass man ihn anschaut. Aber nicht zu lang. Er wollte begehren – nicht besitzen.

Und dann war da sie. Dunkle Locken, knallroter Mund, ein Körper wie ein Versprechen. Aber sie war nicht da, um zu verführen. Sie war da, um zu vergessen. Sie tanzte stundenlang, allein, ließ sich manchmal anlehnen, nie berühren. In einer Nacht nahm sie meine Hand und legte sie sich auf die Brust. Einfach so. Kein Spiel. Kein Lächeln. Nur ein Blick, der sagte: *Halt mich für fünf Sekunden. Dann geh wieder.*

Ich hielt sie. Fünf Sekunden. Dann ging ich.

Ich habe gelernt, dass Menschen im Club nicht nach Sex suchen. Jedenfalls nicht nur.

Sie suchen Bestätigung. Reibung. Nähe. Risiko. Sie wollen wissen, wie weit sie gehen können – ohne den Halt zu verlieren.

Und ich? Ich war der, der den Raum dafür schuf. Nicht mehr. Nicht weniger.

Verlangen ist leise. Lerne, es zu hören.
Wenn du glaubst, Menschen kommen in einen
erotischen Club, weil sie einfach Sex wollen, wirst
du scheitern.
Klar – der Körper spielt eine Rolle. Nacktheit.
Reize. Reibung. Aber das ist nur die Oberfläche.
Die meisten Gäste, die meine Tür durchschreiten,
wollen nicht vögeln. Sie wollen *erlebt* werden. Ge-
sehen. Gefühlt. Ohne Maske. Ohne Scham.
Und du, wenn du Gastgeber:in sein willst, musst
das erkennen, bevor sie es selbst aussprechen.
Was Menschen wirklich wollen, ist individuell.
Aber es folgt ein paar Mustern, die du kennen solltest:

1. **Viele Menschen kommen, um eine Rolle
   abzugeben.**
   Die Anwältin, die sonst führt. Der Lehrer,
   der sonst erklärt. Der Unternehmer, der
   sonst alles unter Kontrolle hat. Sie kommen nicht, um zu glänzen. Sie kommen,
   um sich zu entlasten. Wenn du Räume an-
   bietest, in denen sie sich *fallen lassen* können – auf würdige Weise –, wirst du Vertrauen gewinnen. Und dieses Vertrauen ist
   die eigentliche Währung in deinem Club.

2. **Andere kommen, um eine Rolle endlich
   zu leben.**
   Die stille Frau, die sonst unsichtbar bleibt.
   Der schüchterne Mann, der sich nie traut,
   zu fordern. Im Club dürfen sie ausprobie-
   ren, wer sie auch sein könnten. Gib ihnen
   sichere Räume. Spiegel. Nischen. Zonen, in
   denen sie wachsen dürfen – auch wenn sie
   dabei zittern.

3. Jeder Mensch bringt eine Geschichte mit – und sucht eine neue.

Ein guter Club ist kein Theater. Aber er ist eine Bühne. Und auf dieser Bühne wollen Menschen Erlebnisse, die hängen bleiben. Nicht laut, nicht grell. Sondern echt.
Dafür brauchst du keine peinlichen Mottos oder Standard-Spielarten. Du brauchst Stimmung. Qualität. Stille zwischen den Beats. Menschen wollen einen Rahmen, in dem sie sich selbst neu schreiben können – auch wenn's nur für eine Nacht ist.

4. Und vor allem: Menschen wollen nicht ausgeliefert sein – sondern eingeladen.

Erotik ist keine Dienstleistung. Sie ist ein Spiel mit Nähe und Distanz. Wenn du das verstehst, gestaltest du Räume, in denen man sich öffnen kann, ohne sich zu verlieren. Und glaub mir: Wer sich *frei* fühlt, wird mehr geben als der, der nur „alles darf".

Fazit?
Baue keinen Ort, an dem Menschen einfach ihre Hüllen ablegen.
Baue einen Ort, an dem sie sich selbst wiederfinden.
Und bleib dabei immer der, der weiß:
Verlangen ist leise.
Aber es schreit, wenn man es versteht.

Kapitel 12 – Die Männer, die zahlten

Sie kamen leise. Meist spät. Immer allein.
Sie waren nicht die Lauten. Nicht die, die tanzten
oder zu viel tranken. Sie bestellten teuren Whisky,
ließen ihn warm werden. Und sie sahen sich um,
als wäre der Club nicht der Ort, den sie suchten –
sondern der, in dem sie sich selbst kurz vergessen
durften.
Ich nannte sie die Zahler. Nicht, weil sie mehr
Geld ausgaben als andere – sondern weil sie be-
zahlten, um nicht fragen zu müssen.
Da war ein Jurist aus Köln, Anfang sechzig, ge-
schieden, kinderlos. Er kam immer freitags, setzte
sich in dieselbe Ecke, las in einer Zeitschrift, die
er nie umblätterte. Irgendwann bot er einer Kellnerin 500 Euro für einen Abend – ohne Details. Nur
„Zeit". Sie lachte, schlug aus. Er lächelte und kam
wieder.
Ein anderer war Unternehmer, Lederjacke, Desig-
nerbrille. Er redete wenig, aber wenn er sprach,
war jedes Wort wie ein Takt. Präzise. Gekauft. Er
bestellte für Fremde, für Frauen, die nicht fragten,
warum. Er liebte es, wenn Dinge glatt liefen. Und
wenn nicht, zahlte er mehr, damit sie glatt wirkten.
Und dann gab es die Jungen. Anfang zwanzig, mit
dem Geld von anderen. Sie wollten Macht, weil sie
keine hatten. Sie kauften sich in Räume, in Gespräche, in Körper. Und sie hassten sich dafür.
Ich sah es an ihren Blicken, wenn sie glaubten,
niemand sehe hin.
Ich verurteilte sie nicht. Ich beobachtete. Ich ver-
waltete. Ich entschied, was ging – und was nicht.
Ich war der Filter zwischen der Sehnsucht und der
Wirklichkeit. Ich war der, der wusste, dass Geld
Türen öffnet – aber keine Herzen.

Einmal kam ein Mann, den ich nicht kannte. Glatt rasiert, mit einem Blick wie Eis. Er fragte nicht. Er bestellte nicht. Er stellte nur fest: „Ihr Konzept lässt sich ausbauen."

Ich wusste, was er meinte. Räume. Frauen. Geld. Ich schickte ihn fort. Nicht, weil ich ein Moralapostel war – sondern weil ich spürte: Wenn ich ihn hereinlasse, verliere ich die Kontrolle. Über den Club. Über mich.

Es war die Nacht, in der ich verstand: Du kannst ein System führen – oder du wirst von ihm geführt.

Die Männer, die zahlten, wollten nicht Nähe. Sie wollten Macht, ohne sie aussprechen zu müssen. Und ich fragte mich immer öfter: Was ist mit denen, die empfangen? Was bezahlen sie?

Die Männer, die zahlten

Sie hieß **Nina**.

Ein Name wie ein Echo, das nachklingt, wenn der Raum längst wieder leer ist. Sie war keine Domina, keine Tänzerin, kein gebuchter Akt. Sie war einfach da – mit einem Kleid, das wie ein Geheimnis fiel, mit Lippen, die selten sprachen, aber wenn, dann so, dass jeder Satz wie ein Versprechen klang.

Die Männer zahlten – nicht für Sex. Sondern für Zeit mit ihr.

Für ein Gespräch.

Für einen Blick.

Für das Gefühl, in ihrer Nähe zu stehen, während sie rauchte, lachte, schwieg.

Sie war der Inbegriff der Frage *„Was wäre, wenn?"* – und diese Frage allein war für viele mehr wert als jede Antwort.

Ich beobachtete sie oft – nicht wie ein Voyeur, sondern wie ein Regisseur, der seine beste Szene kennt, aber sie immer wieder sehen will.

Sie saß gern am Rand der Lounge, die Beine übereinandergeschlagen, ein Glas in der Hand, ein
leichtes Lächeln auf den Lippen. Manchmal beugte
sie sich vor, um etwas zu sagen – dabei ver-
rutschte der Träger ihres Kleides, als sei das Zufall. Aber bei Nina war nichts Zufall.
Einmal kam ein Mann zu mir, Mitte fünfzig, glatt
rasiert, Businessduft und Goldkette.
„Kann ich sie buchen?", fragte er leise.
Ich schüttelte den Kopf.
„Nina bucht man nicht. Nina entscheidet."
Er zahlte trotzdem. Für Champagner. Für Musik,
die ihr gefiel. Für zwei Stunden auf einem der
dunklen Sofas, in denen sie sich an ihn lehnte,
ohne ihn anzufassen. Er schwitzte. Sie flüsterte.
Und als sie ging, lächelte sie nur.
Nicht dankbar. Nicht überlegen. Sondern wissend.
Sie wusste, dass er noch Monate später an ihren
Atem denken würde.
Nicht an ihren Körper – sondern an die Nähe, die
er fast hatte.
Nina war das, was kein Geld kaufen kann:
Ein Moment, der sich wie Besitz anfühlt, obwohl
er nie einer war.
Und genau das wollten die Männer. Nicht die
Frau. Nicht den Sex.
Sondern das Gefühl, für einen Wimpernschlag
lang das Zentrum eines Spiels zu sein, das größer
war als sie selbst.

Bezahlen heißt nicht besitzen
Wenn du einen erotischen Club führst, wirst du
früher oder später auf sie treffen:
Die Männer, die zahlen.
Für den Tisch. Für den Blick. Für die Illusion.
Sie kommen im Anzug, manchmal im Hoodie,
manchmal mit Bodyguards, manchmal allein.
Sie haben Erfolg. Macht. Kontrolle.

Und trotzdem – oder gerade deshalb – kommen sie
zu dir.
Warum?
Weil sie sich in deinem Club etwas erlauben kön-
nen, das ihnen draußen oft fehlt:
Verlust.
Nicht alles kontrollieren müssen.
Nicht mehr geben, sondern *begehrt werden* – ohne
Bedingungen.
Aber hier liegt auch die Gefahr:
Wenn Geld fließt, wird oft Besitz erwartet. Und das
darfst du niemals zulassen.

1. **Nur weil jemand zahlt, gehört ihm nicht
   die Person.**
   Deine Mitarbeiterinnen, deine Gäste, deine
   Performerinnen – sie sind keine Ware.
   Sie sind Teil einer Atmosphäre.
   Du bist dafür verantwortlich, dass nie-
   mand zum Objekt wird – auch nicht subtil.
2.

2. Mach kein Geschäft aus Gefallen.
Es ist verlockend: Ein Mann zahlt 2.000 Euro für
eine Flasche. Will einen privaten Bereich. Und
dann „nur ein bisschen mehr Nähe". Klingt harm-
los – ist aber ein gefährlicher Einstieg.
Denn der Moment, in dem du das erste Mal *etwas
durchgehen lässt*, zerstört alles, was du vorher
aufgebaut hast.

**3. Du darfst unterscheiden – aber nicht unter-
werfen.**
Gäste mit Geld dürfen sich besonders fühlen –
aber nicht *mehr wert*.
Das beginnt bei der Sprache deines Personals. Bei
der Haltung deiner Tänzerinnen. Und bei dir.
Wem du dich beugst, dem kannst du später nicht
mehr auf Augenhöhe begegnen.

4. Halte das Versprechen – nicht die Illusion.

Ein guter Club verkauft keine Körper. Er verkauft *Erlebnisse*.

Und Erlebnisse funktionieren nur, wenn sich alle sicher fühlen – auch die, die nicht zahlen.

Denn sonst verändert sich die Stimmung.

Dann wird aus Erotik bloße Unterhaltung.

Und aus Nähe: Ware.

Fazit?

Ja, Geld kann Türen öffnen.

Aber es darf niemals die Regeln schreiben.

Wenn du das verstehst – und durchziehst –
wirst du erleben, wie selbst die mächtigsten Männer in deinem Club still werden.

Weil sie etwas bekommen, das sie nicht kaufen können:

Grenzen.

Respekt.

Und das Gefühl, für einen Moment einfach nur ein Mensch zu sein.

„Sie schauen auf mich wie Traum… aber ich bin echt."

Ein Interview mit Noy, 27, ursprünglich aus Chiang Mai, jetzt Berlin

Frage:
Noy, wie bist du in den Club gekommen?
Antwort:
Oh… ich kam zuerst nur schauen! Freundin hat gesagt, „Komm, da ist schön, da gibt's Respekt, nicht nur so… Anfassen, weißt du?" Ich war neugierig. Ich tanz gern, ich red gern – ich mag Männer. Aber

ich mag auch meine Regeln. Und dort? Ich hab sofort gespürt: Ich kann entscheiden. Ich kann spielen, aber ich muss nicht geben, was ich nicht will.

Frage:

Wie war es, mit Männern zu arbeiten, die viel Geld mitbringen?

Antwort:

Hmm... ist anders. Manche denken, Geld ist wie Schlüssel. Sie kaufen Drink – denken, jetzt kommt Kuss. Aber ich sag: „Drink ist Drink. Kuss ist Gefühl." (lacht)

Aber manche... die schauen anders. Nicht laut. Sie setzen sich, sagen kaum was. Aber ihr Blick... heiß, tief, langsam. Ich mag das. Da spür ich: Der will nicht nur meinen Körper – der will mein Feuer. Und ich hab viel Feuer.

Frage:

Hattest du einen Stammgast?

Antwort:

Jaaa... Herr Becker. Ich nannte ihn „Sugar Smoke", weil er immer süß roch und langsam sprach. Ganz höflich. Nie gedrängt. Er hat mich nie gefragt, ob ich mitkomm. Er hat nur gesagt: „Ich bin froh, dass du da bist." Und das... das war für mich mehr als Geld.

Er hat oft bezahlt, ja – aber nicht für mich. Für Licht, für Musik, für Raum. Damit ich tanzen konnte, wie ich wollte.

Frage:

Gab es Momente, in denen du dich benutzt gefühlt hast?

Antwort:

Nur einmal. Ein Mann hat gesagt: „Komm, ich geb dir 500, du ziehst das aus." Ich hab gelacht. Ich hab gesagt: „Du kannst mir 5.000 geben – mein Körper bleibt bei mir." Dann bin ich gegangen. Aber das Gute war: Der Chef hat mich gesehen. Und er

hat gesagt: „Gut gemacht, Noy."
Er war wie stiller Löwe. Stark, aber nie laut. Wenn
er in Raum war – ich hab mich sicher gefühlt. Wirklich sicher.

Frage:
Was hast du im Club gelernt?
Antwort:
Dass Männer stark sind – aber auch einsam. Dass
ich schön bin – nicht nur außen. Dass Erotik nicht
immer Sex ist. Manchmal ist es nur ein Blick.
Manchmal eine Hand, die nicht berührt, aber da ist.
Frage:
Und heute? Würdest du es wieder tun?
Antwort:
Vielleicht. Wenn der Ort stimmt. Wenn der Chef so
ist wie er – mit Herz, mit Regeln, mit Raum für echte
Frau. Nicht nur Puppe. Ich bin keine Barbie. Ich bin
Noy. Ich bin klein – aber ich weiß, was ich wert bin.

Kapitel 13 – Die Frauen, die blieben

Sie kamen nicht im Rudel. Sie machten keine
Show. Sie schrieben sich nicht auf Stirn oder Lippen, warum sie da waren. Aber sie blieben.
Sie blieben nach der Musik, nach dem Licht, nach
dem Lächeln. Sie blieben, wenn andere längst vergessen hatten, wie sich Nähe anfühlt. Sie saßen
an der Bar, lehnten am Türrahmen, bewegten sich
wie jemand, der nichts beweisen muss. Und genau
das machte sie gefährlich – oder wahrhaftig.
Es waren nicht immer dieselben. Aber es waren
immer dieselbe Art Frauen. Frauen mit Geschichte. Mit Blicken, die nicht fragen, sondern
festhalten. Die nicht locken – sondern schon wissen. Und doch zurückkommen.
Da war Sandra. Dunkle Augen, helle Stimme. Sie
tanzte selten, sprach wenig, aber wenn sie lachte,
war es, als würde etwas im Raum aufhören zu zittern. Sie arbeitete im sozialen Dienst, schob
Nachtschichten, und kam manchmal direkt nach
der Arbeit. Nie geschminkt. Nie geplant. Sie sagte:
„Ich komme hierher, weil ich hier nicht denken
muss."
Und blieb.
Oder Luisa. Anfang dreißig, elegant, unnahbar. Sie
hatte diese Art, einen Raum zu betreten, ohne sich
zu erklären. Man wusste nie, ob sie jemanden erwartete – oder einfach nichts mehr erwartete. Wir
redeten kaum. Aber sie half mir einmal, als ich
eine verletzte Besucherin beruhigen musste. Einfach so. Kein Wort. Nur Präsenz. Sie blieb auch,
als sie längst nicht mehr trinken durfte. Wegen
der Medikamente. Sie trank stilles Wasser – und
blieb.
Es war nicht Sex, der sie hielt. Es war nicht das
Spiel. Es war die Möglichkeit, gesehen zu werden,

ohne dass jemand etwas wollte. Manchmal stand
ich hinter der Bar, sah sie an, wie sie ins Leere
blickten – aber nicht verloren wirkten. Eher: angekommen. Im Jetzt. Im Nicht-mehr-müssen.
Ich verliebte mich nie. Nicht wirklich. Aber ich
spürte: Diese Frauen tragen etwas in sich, das
größer ist als Lust. Eine Sehnsucht, die nicht
schreit, sondern bleibt.
Und ich fragte mich: Warum kommen sie immer
wieder? Ist es der Ort? Die Musik? Ich?
Vielleicht ist es einfacher: Vielleicht kamen sie
nicht, um zu bleiben. Vielleicht blieben sie einfach, weil es draußen keine Räume mehr gab, in
denen sie sich nicht verstecken mussten.
Die Frauen, die blieben, haben den Club mehr geprägt als alle Zahler zusammen. Denn sie machten
aus dem Ort kein Geschäft – sondern einen Raum,
in dem etwas schwingen konnte, das man nicht
berechnen kann: Würde. Selbstbestimmung. Und
manchmal sogar Liebe.

Die Frauen, die blieben
Sie kamen nicht mit Applaus.
Sie kamen mit Blicken, mit Absätzen auf dunklem
Boden, mit dem leichten Geruch nach Vanille,
Rauch und Versprechen.
Die Frauen, die blieben, hatten keine Eile. Sie
wussten, was passiert – und dass es nicht sofort
passiert.
Da war **Lara**, die ihre Haare trug wie einen Vor-
hang, der nur fiel, wenn sie wollte.
Sie betrat den Club wie eine Besitzerin – obwohl
ihr kein Zentimeter gehörte.
Wenn sie an dir vorbeiging, hattest du das Gefühl,
ihre Fingerspitzen hätten dich gestreift, obwohl sie
dich nicht berührt hatte.
Sie war leise. Aber nie zu übersehen.

Und wenn sie lachte, war es, als würde die Nacht kurz ihren Atem anhalten.

Dann war da **Imani**, aus Paris, mit Lippen, die aussahen, als würden sie Sünden beichten – oder befehlen.
Sie tanzte nie nach Musik.
Sie tanzte nach Blicken.
Wenn du sie ansahst, entschied sie, ob du bleibst – oder brennst.
Einmal ließ sie sich auf dem Boden nieder, mitten im Raum, die Beine offen, das Kleid verrutscht, der Blick: ruhig.
Nicht herausfordernd.
Nur völlig sicher, dass sie nichts tun musste.
Denn jeder im Raum hatte längst getan, was sie wollte:
Sie angesehen.
Gespeichert.
Begehrt.

Und dann war da **Jelena**.
Russin. Hell. Kalt.
Außer wenn sie wollte, dass du glühst.
Sie sprach selten – aber wenn sie es tat, waren ihre Worte wie Eiswürfel auf heißer Haut.
„Du willst Kontrolle?", sagte sie einmal zu einem Gast.
„Dann bleib sitzen. Und schau, was du nicht bekommst."
Er blieb. Eine Stunde lang.
Am Ende küsste er ihre Schuhe.
Und zahlte doppelt.
Diese Frauen arbeiteten nicht.
Sie *wirkten.*
Sie waren keine Angestellten.
Sie waren Kräfte.
Sie blieben nicht, weil sie mussten.

Sie blieben, weil sie wussten:
Ein Club ohne Frauen wie sie ist nur ein dunkler
Raum mit Musik.
Mit ihnen wurde er ein Ort, an dem Fantasie
schwitzte.
Ein Tempel aus Blicken, Stimmen, Haut.
Und Regeln, die nur sie verstanden.
Ich habe nie gefragt, warum sie blieben.
Ich war nur dankbar, dass sie es taten.

Warum sie blieben. Und warum du sie brauchst.
Die Frauen, die bleiben, sind selten.
Nicht weil es ihnen an Angeboten fehlt – sondern
weil sie selbst entscheiden, wo sie wirken wollen.
Und wenn sie sich für *deinen* Club entscheiden,
dann nicht, weil du ihnen etwas gibst.
Sondern weil du etwas zulässt, was viele nicht
aushalten: **echte weibliche Kraft.**
Diese Frauen sind keine Dienstleisterinnen. Sie
sind keine Püppchen, keine Angestellten mit Stun-
denzettel und Lippenstiftbonus.
Sie sind *Figuren des Raums.*
Atmosphärische Autoritäten.
Spiegel für die Sehnsüchte der Männer – und oft
genug auch für ihre Ängste.
Und das bedeutet für dich als Clubgründer:in drei
Dinge:

1. **Du führst sie nicht – du gibst ihnen den
   Rahmen.**
   Diese Frauen brauchen keine Anleitung.
   Sie brauchen Freiheit.
   Was sie hassen, sind starre Regeln, unnö-
   tige Kontrolle, kitschige Klischees.
   Was sie lieben, ist Klarheit.
   Du musst ihnen sagen, wo deine Grenzen
   sind – und dann zurücktreten.

Denn wenn sie sich frei fühlen, beginnt
ihre eigentliche Wirkung.

2. Du musst sie schützen – auch vor dem Publikum.

Je sichtbarer eine Frau wird, desto mehr
wird sie Projektionsfläche.
Begehren, Aggression, Übergriffigkeit – das
passiert.
Und du musst das im Blick haben.
Nicht erst, wenn etwas eskaliert.
Sondern bevor es anfängt.
Ein guter Gastgeber ist nicht nur Türste-
her am Eingang.
Er ist Schutzraumhüter mitten im Spiel.

3. Du musst verstehen, was sie dir schen-ken.

Diese Frauen sind nicht da, weil sie müssen.
Sie bleiben, weil sie spüren, dass dein Club
ein Ort ist, an dem sie nicht gespielt werden – sondern spielen dürfen.
Und dieses Geschenk ist unbezahlbar.
Weil es dein Konzept auf ein Niveau hebt,
das keine Werbung, kein Licht, kein DJ je
erreichen kann:
Wirklichkeit.

Fazit?
Die Frauen, die bleiben, sind nicht die lautesten.
Nicht die nacktsten.
Nicht die gefügigsten.
Aber sie sind die stärksten.
Und wenn du sie verstehst – und hältst, ohne sie
festzuhalten –
dann wird dein Club nicht nur erfolgreich.
Er wird legendär.

„Ich bin keine Show. Ich bin eine Entscheidung."

Ein Gespräch mit Delia, 38, selbsternannte „Stimmungsmacherin ohne festen Jobtitel"

Frage:
Delia, Sie sind eine der Frauen, die geblieben sind. Was hat Sie gehalten?

Antwort:
Weil ich hier nicht dekorativ sein musste. Ich war kein Accessoire, kein süßes Beiwerk. Ich war ich – mit meiner Stimme, meiner Lust, meinem Blick. Und das war nicht nur erlaubt, es war gewollt. Der Club war wie ein Spiegel, in dem ich mich sehen konnte, ohne mich zu verbiegen.

Frage:
Wie war Ihr erster Abend dort?

Antwort:
Ich kam allein. Rotes Kleid, keine Einladung, keine Vorstellung, nur Lust auf etwas Echtes. Ich hab mich an die Bar gesetzt, nicht bestellt. Einfach geschaut. Da war dieser Typ – nicht aufdringlich, nicht abwartend. Still. Der Betreiber. Er hat mich nicht begrüßt. Er hat mir einfach ein Glas Wasser hingestellt. Und das war das Sinnlichste, was mir seit Langem passiert war.

Frage:
Was genau meinen Sie damit?

Antwort:
Er hat mir nichts verkauft. Keine Show, keine Erwartung, kein Flirt. Nur Raum. Und das, glaub mir, ist selten. In einem Raum voller Gier war er die einzige Quelle von Ruhe. Und das hat mich sofort heiß gemacht – nicht im klassischen Sinne. Sondern da, wo's tiefer geht. Da, wo du merkst: Der weiß, was er tut. Und was er nicht tun muss.

Frage:
Haben Sie je eine Rolle gespielt?

Antwort:
Nie. Ich bin eine Rolle. Eine, die ich selbst geschrieben hab. Ich kann tanzen, flirten, führen. Aber alles in meinem Tempo. Ich bin keine Dienstleistung. Ich bin ein Zustand. Und wer bei mir bleibt, weiß danach mehr über sich als über mich. Das ist der Deal.

Frage:
Gab es Momente, die für Sie unvergesslich waren?

Antwort:
Viele. Aber einer bleibt: Ich war mit einem Gast in der Lounge, wir haben nicht gesprochen. Nur Blicke, Nähe, Atem. Ich hab meine Fingerspitzen über seinen Brustkorb gleiten lassen – ganz leicht. Er hat die Augen geschlossen. Und da wusste ich: Ich hab ihn nicht erregt. Ich hab ihn erlöst. Von allem, was draußen laut war. Für zehn Minuten war er nur da. Und das war mehr als jede Nacht im Hotel.

Frage:
Und der Betreiber? Wie war Ihre Beziehung zu ihm?

Antwort:
Wir hatten nie Sex. Aber ich hab ihn öfter angezogen als jeder andere.
Weißt du, was ich meine?

Frage:
Nicht ganz.

Antwort:
Ich hab ihn angeschaut, wenn er müde war. Wenn er gezweifelt hat. Ich hab ihm gezeigt, dass sein Club mehr war als ein Geschäft. Es war ein Ort, an dem Menschen sich häuten durften. Und ich glaube, er wusste: Ohne Frauen wie mich wäre es nur ein Ort.
Nicht das, was es war.

Kapitel 14 – Spiele im Rotlicht

Es begann mit einem Vorhang.

Ein schwerer, bordeauxroter Samtvorhang, der eine Ecke des Clubs von der anderen trennte. Dahinter: nichts weiter als ein Sessel, ein Tisch, ein Spiegel. Kein Bett. Kein Stuhlkreis. Keine Regeln. Nur Atmosphäre. Und die Fantasie derer, die hindurchgingen.

Ich nannte es nicht „Spielzimmer". Ich nannte es gar nicht. Es war einfach da. Wer den Vorhang durchschritt, tat das freiwillig. Ohne Programm. Ohne Vertrag. Nur mit dem Wissen: Dahinter gilt ein anderer Takt.

Es war ein Testlauf. Eine Idee, aus dem Gefühl geboren, dass manche Menschen sich erst spüren, wenn sie sich verkleiden. Oder entkleiden. Oder beides gleichzeitig. Ich stellte einen alten Kleiderständer auf. Masken. Stoffe. Handschuhe. Nichts, was schmutzig wirkte. Alles, was andeutete.

Zuerst zögerlich. Ein Paar. Ein Fremder. Eine Frau allein.

Dann öfter. Die Mutigen kamen zuerst. Die Verletzten bald danach.

Es war nie ein Sexraum. Es war ein Raum für das Davor. Für Machtspiele im Schatten. Für Blicke, die Befehle waren. Für ein Ja, das leise gesprochen wurde – und trotzdem alles bedeutete.

Ich beobachtete nicht. Ich kontrollierte nur, dass niemand zu lange blieb. Dass nichts aus der Balance kippte. Aber ich wusste: In diesem Raum veränderte sich etwas. Die Grenze zwischen Wunsch und Wirklichkeit wurde porös.

Einmal bat mich eine Besucherin, sie zu begleiten. Nur sehen, sagte sie. Nicht tun. Ich war überrascht. Ich sagte ja. Sie stand im Raum, nackt bis auf eine Augenmaske, und stellte sich vor den

Spiegel. Ich stand hinter ihr. Sagte nichts. Und plötzlich sagte sie:

„Sag mir, was ich bin."

Ich schwieg.

Sie drehte sich nicht um. „Bitte. Nur ein Wort."

Ich sagte: „Frei."

Sie atmete tief ein. Und ging.

Das war der Moment, in dem ich verstand: Für manche ist das Spiel kein Spiel. Es ist ein Akt der Rückgewinnung. Der Selbstdefinition. Der Mutprobe.

Aber ich sah auch, wie andere daran zerbrachen. Wie Macht süchtig machen kann – nicht nur für die, die sie ausüben, sondern auch für die, die sie scheinbar übergeben.

Es gab ein Paar, das regelmäßig kam. Dom und Sub. Er in Anzug. Sie auf Knien. Alles einvernehmlich. Alles durchdacht. Bis sie eines Nachts alleine kam. Blass, fahrig, ohne Schuhe. Sie sagte nur: „Ich kann nicht mehr unterscheiden."

Ich brachte sie nach Hause. Ohne Fragen. Ohne Urteile. Aber mit dem Wissen: Ich hatte einen Raum geöffnet, den ich nicht mehr ganz schließen konnte.

Die Spiele im Rotlicht waren nie mein Ziel. Aber sie waren eine Konsequenz. Wenn du einen Ort für Sehnsucht schaffst, musst du damit rechnen, dass sie kommt – in allen Formen.

Spiele im Rotlicht

Die Tür zum Spielzimmer schloss sich lautlos. Drinnen war alles in Rot getaucht. Kein grelles Rot, kein billiges Pufflicht – sondern Samtrott, Goldschimmer, das tiefe Rot von Atem, der langsamer wird.

Ich stand im Schatten, wie immer. Ich beobachtete. Nicht aus Entfernung – aus Nähe, die nicht unterbricht.

Auf dem Podest lag eine Frau. Nackt bis auf ein Halsband aus dunklem Leder, die Beine leicht geöffnet, die Augen verbunden. Daneben: eine zweite. Schwarzes Korsett, schwarzer Blick. Und in ihrer Hand: eine Gerte.

Es war kein Porno. Es war ein Ritual.

Langsam, wie im Zeitlupentraum, zog sie die Gerte über den Körper der anderen. Nicht schlagend – tastend. Jeder Zentimeter ein Fragezeichen, jede Bewegung ein Test: Wie viel Nähe kann man aushalten, wenn man sich nicht wehren muss?

Die Zuschauer waren still. Niemand flüsterte. Niemand lachte.

Denn das, was dort geschah, war zu echt, um bloß Show zu sein.

Ein Mann, Mitte fünfzig, saß in der Ecke. Teurer Anzug, zitternde Hände. Seine Frau hielt ihn am Oberschenkel – sanft, besitzergreifend. Sie küsste ihn nicht. Aber ihr Blick sagte alles: *Heute Nacht gehört dein Blick mir. Nicht ihr. Mir.*

Ich liebte diese Abende.

Nicht wegen der Nacktheit.

Sondern wegen der Wahrheit.

Die Spiele im Rotlicht waren keine Flucht.

Sie waren Konfrontation.

Hier zeigten sich Menschen, wie sie draußen nie sein durften.

Sich unterwerfen. Sich aufbauen. Warten. Führen. Bitten. Schweigen. Zittern.

Einmal kam eine Neue. Schlank, nervös, zu viel Parfum. Sie flüsterte mir zu: „Was ist erlaubt?"

Ich sah sie an und sagte: „Was du willst. Solange du weißt, *warum* du es willst."

Und sie nickte. Zog ihr Kleid aus. Ging auf den Boden.

Im Rotlicht gibt es keine Zufälle.

Nur Entscheidungen.

Und wer sie trifft, weiß:
Nackt sein ist nichts.
Erkannt werden – das ist das Spiel.

Spiel braucht Struktur. Sonst ist es Übergriff.
Viele glauben, ein erotischer Club sei ein Ort der
Freiheit.
Der Entgrenzung. Der unzensierten Lust.
Aber die Wahrheit ist:
Ein Club wie meiner lebt nicht von der Freiheit.
Er lebt von der Struktur, die diese Freiheit über-
haupt erst ermöglicht.
Die Spiele im Rotlicht – sie funktionieren nur,
wenn jeder weiß, woran er ist.
Nicht, weil alles geregelt ist. Sondern weil das *Rah-
menwerk* stimmt.
Weil die Grenzen klar sind, bevor man sie testet.

1. **Spiel beginnt mit Einverständnis. Im-
   mer.**
   Ob Fesselspiel, Performance, Führung oder
   Hingabe – es darf nur passieren, wenn alle
   Beteiligten innerlich *ja* sagen.
   Nicht nur flüchtig. Sondern wirklich.
   Ein Nicken ist kein Ja.
   Ein Lächeln kann Unsicherheit sein.
   Du musst lernen, zu lesen, was nicht ge-
   sagt wird.
   Und deinen Gästen vermitteln, dass sie es
   auch dürfen.

2. **Macht ist kein Selbstzweck. Sie ist Angebot.**
   Ein dominanter Blick, eine klare Stimme,
   ein Befehl – das kann erotisch sein.
   Aber nur, wenn es mit Respekt geschieht.
   Wer Macht will, muss bereit sein, sie auch
   nicht zu nutzen.

Das macht das Spiel reizvoll:
Dass jemand *könnte* – aber abwartet.
Führt. Nicht zwingt.

3. Räume müssen mehr können als Rotlicht.

Ein guter Club hat keine nackte Bühne.
Er hat Zonen: Sichtbar und verborgen.
Er hat Möbel, die mehr andeuten als zeigen.
Er hat Texturen, die Lust wecken, ohne zu überladen.
Stahl, Samt, Glas – alles erzählt.
Wenn du deine Räume gestaltest, denke nicht an Erotik.
Denke an Atmosphäre. An Energie.
Erotik kommt von selbst, wenn der Raum atmen kann.

4. Spielregeln sind nicht spießig. Sie sind sexy.

Wer weiß, dass ein Safeword funktioniert, kann sich tiefer fallen lassen.
Wer weiß, dass jemand aufpasst, kann mutiger spielen.
Ein Club ohne Regeln ist kein Ort der Lust.
Er ist ein Risiko.

Und Lust braucht Mut – aber keine Angst.

Fazit?
Die Spiele im Rotlicht sind nicht gefährlich, weil sie extrem sind.
Sondern weil sie echt sind.
Echt gespielt.
Echt gespürt.
Und nur dann sind sie wirklich erotisch.

Als Gastgeber:in bist du nicht Animateur.
Du bist Regisseur, Schutzschild, Choreograf.
Du hältst den Raum.
Damit andere sich darin verlieren dürfen – ohne
verloren zu gehen.

„Ich war nie nackt, wenn ich mich auszog."
Ein Interview mit Chiara, 35, Szene-künstlerin, Redensammlerin und Spielerin

Frage:
Chiara, Sie haben oft an den Szenen im Rotlichtbe-reich teilgenommen. Was hat Sie daran gereizt?
Antwort:
Die Stille.
Klingt vielleicht seltsam – aber es war diese beson-dere Stille, wenn das Licht auf Rot schaltet und alle wissen: Jetzt beginnt etwas. Und niemand spricht es aus. Das ist wie ein Strom unter der Haut. Du bist nicht nur Teil eines Spiels – du bist das Spiel.
Frage:
War das für Sie eher Performance oder persönliche Erfahrung?
Antwort:
Beides. Ich bin nie einfach „aufgetreten". Ich hab meine Lust inszeniert, ja – aber nicht gespielt. Das war immer echt. Wenn ich mich hingelegt hab, ge-fesselt, mich führen ließ... dann nicht, weil ich schwach war. Sondern weil ich wusste, wie stark ich bin.
Nur wer sich selbst vertraut, kann sich so zeigen.

Frage:
Gab es Regeln?
Antwort:
Absolut. Ohne Regeln keine Spannung. Ich hatte

meine eigenen Codes. Wo man mich anfassen
durfte. Wo nicht. Wie man mich anschaut. Was ich
tue, wenn ich will, dass es aufhört.
Das war das Erotischste überhaupt: dass ich ent-
schieden habe, wann es weitergeht.

Frage:
Wie war die Reaktion der Männer?

Antwort:
Unterschiedlich. Manche wollten sofort retten. Weil
sie dachten, ich sei ausgeliefert.
Andere hielten den Atem an. Weil sie spürten: Hier
spielt sich was ab, das größer ist als Sex.
Aber die, die wirklich was verstanden haben – die
wurden still. Und das waren die interessantesten.
Weil sie kapiert haben: Das ist kein Porno. Das ist
ein Gebet.

Frage:
Was hat der Club mit Ihnen gemacht?

Antwort:
Er hat mich erinnert. An mich.
An meinen Körper. An meine Macht.
Ich war nie nackt, wenn ich mich auszog – ich war
einfach nur klar.
Und das war... das war wie Heimkommen.
In einen Raum, in dem das Begehren atmen darf –
nicht schreien muss.

Frage:
Würden Sie es wieder tun?

Antwort:
Wenn der Raum stimmt. Wenn die Haltung stimmt.
Wenn ich weiß, dass ich nicht zum Objekt werde –
sondern zum Ereignis.
Dann ja.
Dann sehr gerne.

Kapitel 15 – Wenn Grenzen verschwimmen

Es gibt eine Linie, die jeder zieht. Zwischen dem Ich und dem Anderen. Zwischen Spiel und Ernst. Zwischen dem, was man tut – und dem, was man ist.
Und dann gibt es Nächte, in denen diese Linie verschwindet.
Es war eine dieser Nächte. Vollmond, klarer Himmel, der Club voll, aber seltsam ruhig. Die Menschen tanzten, tranken, lachten – doch ich spürte, dass sich etwas verdichtet hatte. Vielleicht lag es an mir. Vielleicht am Raum. Vielleicht an ihr.
Sie hieß Claire. Oder so stellte sie sich vor. Anfang dreißig, lange Beine, eine Stimme, als hätte sie das Schweigen erfunden. Sie trat an mich heran, ohne Eile. Legte einen Zettel auf den Tresen, kein Name, nur eine Frage:
"Wo hört dein Beruf auf?"

Ich lachte. Sie lachte nicht. Sie sah mich an – und ich spürte zum ersten Mal seit Langem wieder etwas wie Erschrecken. Nicht weil sie schön war. Sondern weil sie durch etwas hindurchsah, das ich selbst lange nicht mehr gespürt hatte.
Sie kam in den roten Raum. Ging wieder. Kam zurück. Einmal saß sie dort stundenlang, nackt unter einem Mantel, nur der Spiegel vor ihr. Sie berührte sich nicht. Sie sprach nicht. Sie sah. In sich. In das Bild. In das, was vielleicht niemand sehen sollte.
Ich setzte mich eines Abends zu ihr. Ohne Absicht. Ohne Plan.
Sie flüsterte: „Du hast alles unter Kontrolle. Aber was, wenn du mal einfach nur bist?"
Ich konnte nicht antworten.

Denn ich wusste es nicht.

Es war nicht der Sex, der mit ihr anders war. Es war das Davor. Das Danach. Die Pausen. Die Art, wie sie schwieg, als hätte das Schweigen Gewicht. Und wie sie ging, als hätte sie nichts genommen – und doch alles hinterlassen.

Danach war nichts mehr, wie es war.

Ich funktionierte weiter. Ich schloss den Club. Ich zählte die Kasse. Ich bestellte Getränke. Aber ich hörte auf zu glauben, dass ich das System noch kontrollierte.

Ich sah Dinge anders. Den Gast, der immer wieder kam, aber nie sprach. Die Tänzerin, die sich auf der Toilette schminkte und dabei weinte. Den Barkeeper, der nachts blieb, obwohl seine Schicht vorbei war.

Ich sah: Sie alle hatten ihre Linien gezogen. Und sie alle standen längst mit einem Fuß darüber.

Und ich?

Ich wusste nur noch: Ich war tief drin. Nicht mehr Beobachter. Nicht mehr Betreiber. Ich war der Raum selbst geworden. Mit all seinen Stimmen, seinen Rissen, seinem Duft nach Sehnsucht, Schweiß – und dem, was bleibt, wenn alles andere gegangen ist.

Grenzen verschwimmen

Es war eine dieser Nächte, in der alles weicher war als sonst.

Die Musik lief wie durch Wasser. Das Licht flackerte nicht – es glühte.

Und die Luft... sie war geladen.

Mit etwas, das nicht benannt werden wollte.

Sie hieß **Nika**.

Barfuß, nur in einem Slip und einem dünnen Top, das mehr zeigte als verhüllte.

Ihr Gang war langsam – wie jemand, der nicht zum ersten Mal durch Schatten ging.

Sie kam nicht, um zu tanzen.

Sie kam, um sich auszuliefern.

Ich beobachtete sie, wie sie auf dem Ledersitz
Platz nahm – Beine offen, Kopf gesenkt.

Ein Mann kam hinzu. Hochgewachsen, schweigsam.

Er stellte sich vor sie. Sie hob den Blick.

Kein Wort fiel.

Dann – ganz langsam – ließ sie den Träger ihres
Tops fallen.

Ihr Atem war ruhig. Ihre Schultern angespannt.

Er trat näher.

Stellte sich zwischen ihre Knie.

Und hob ihre Hand.

Ein Kuss. Kein zärtlicher. Kein brutaler.

Ein Bekenntnis: *Du gehörst mir jetzt. Solange du
willst.*

Die anderen Gäste sahen zu. Nicht gaffend.

Atmend.

Weil sie spürten: Das hier ist kein Spiel mehr.

Oder: nur, wenn man weiß, wie tief man spielen
kann.

Er legte ihr eine Augenbinde an.

Sie zuckte nicht.

Dann führte er sie – nackt, langsam – über den
Raum.

Hielt sie an der Hüfte. Berührte ihre Oberschenkel.

Führte sie auf die Knie.

Und sie – sie blieb ganz.

In sich.

Trotz allem.

Oder gerade deshalb.

Ich spürte, wie meine Kehle trocken wurde.

Nicht aus Gier.

Sondern aus Ehrfurcht.

Denn was hier geschah, war mehr als Lust.

Es war das Auflösen von Ich.

Und der Moment, in dem zwei Menschen
nicht mehr wissen,
wo sie enden
und der andere beginnt.

**Wenn du Raum gibst,
musst du auch Halt geben**
Die gefährlichsten Momente in meinem Club waren nie die lautesten.
Nie die mit nackter Haut, gefesselten Händen oder stöhnenden Stimmen.
Die gefährlichsten Momente waren die, in denen jemand **vergaß**, wer er war.
Oder wer er sein durfte.
Denn was im Club oft als Erotik erscheint, ist in Wahrheit ein **Zustand:**
Verflüssigung.
Identität, die sich auflöst.
Grenzen, die nicht mehr hart gezogen sind, sondern weich werden –
verschiebbar, verhandelbar, manchmal verloren.
Und genau da kommst du ins Spiel.
Wenn du einen Ort führst, an dem Grenzen verschwimmen dürfen,
musst du verstehen, was das bedeutet – für dich,
für deine Gäste, für das System dahinter.

1. Menschen kommen nicht, um Kontrolle zu verlieren – sondern um sie neu zu definieren.
Was wie Hingabe aussieht, ist oft ein Akt tiefer Selbstbestimmung.
Wenn jemand sich führen lässt, tut er das nicht, weil er schwach ist – sondern weil er stark genug ist, das Vertrauen zu geben.
Und dieses Vertrauen darf nie enttäuscht werden.
Nicht durch dich.
Nicht durch dein Personal.

Nicht durch Zuschauer, die nicht wissen, wann man still sein muss.

2. Du brauchst Hosts, keine Animateure.

Die Menschen, die Szenarien anleiten oder begleiten, brauchen mehr als Charme oder Technik.
Sie brauchen Achtsamkeit, Präsenz, die Fähigkeit zu sehen – nicht nur zu schauen.
Denn manchmal kippt eine Szene, ohne dass jemand es laut sagt.
Und dann musst du da sein.
Nicht mit Macht.
Mit Haltung.

3. Schaffe Rituale für den Ausstieg.

Wer tief eintaucht, braucht auch einen klaren Weg zurück.
Das kann ein Safeword sein.
Oder ein Zeichen.
Oder eine stille Berührung am richtigen Punkt.
Aber es muss bekannt sein – und respektiert.
Immer.

4. Und vor allem: Verwechsle Mut nicht mit Ignoranz.

Nur weil etwas intensiv aussieht, ist es nicht automatisch gut.
Nur weil jemand mitspielt, heißt das nicht, dass er nicht innerlich zittert.
Du brauchst Menschen im Raum, die unterscheiden können zwischen
„Ich will das"
und
„Ich halte das gerade noch aus".

Fazit?

Grenzen sind keine Mauern.
Aber sie brauchen Fundament.

Und wenn du Räume gestaltest, in denen sie sich
auflösen dürfen –
dann sorge dafür, dass niemand darin verschwindet.
Nicht alle brauchen Halt.
Aber alle müssen wissen,
dass er da ist,
wenn sie ihn brauchen.

Zwischen Spiel und Stein

Ich erinnere mich gut an diese Nacht.
Nika kniete am Boden, der Blick verbunden, das
Atmen langsam, kontrolliert.
Und ich stand in der Dunkelheit, das Handy in der
Hand.
Nicht, weil ich abgelenkt war – sondern weil ich
wusste:
Ich muss beides im Blick behalten.
Was hier passiert – und das, was draußen wächst.
Ich hatte am Nachmittag den Kaufvertrag unter-
schrieben:
ein kleines Mehrfamilienhaus, runtergerockt, aber
solide.
Ich wusste, wo man anfassen musste.
Und was man lieber lässt.
Nicht unähnlich dem, was ich nachts tat.
Während in meinem Club Körper geführt wurden,
führte ich tagsüber Zahlen, Baupläne, Gespräche
mit Handwerkern.
Und ehrlich gesagt: Ich liebte es.
Nicht wegen des Geldes.
Sondern weil es mir half, klar zu bleiben.
Denn ein Club, so faszinierend er ist, ist auch fra-
gil.
Ein Verstoß, ein Shitstorm, ein neuer Nachbar mit
zu viel Moral –
und du kannst zumachen.

Darum hab ich früh angefangen, **etwas aufzubauen, das bleibt, wenn die Lust Pause macht.**

Immobilien.

Altbauten, gut gelegen.
Ich hab sie gekauft, renoviert, mit Respekt.
Und dann vermietet – fair.
Nicht an Investoren.
An Menschen.
Pärchen. Künstler. Alleinerziehende.
Ich mochte die Mischung.
Weil sie echt war.

Und irgendwann kam das erste Mal dieser Moment, wo mein Konto sich füllte, obwohl ich schlief.
Nicht durch Eintrittspreise.
Nicht durch Champagner.
Sondern durch Miete.
Ruhig. Berechenbar. Ohne Applaus.

Ich sage das nicht, um zu prahlen.
Sondern weil ich weiß, wie viele sich in der Szene verlieren.
Wie viele glauben, dass ein voller Club = ein sicheres Leben ist.
Ist er nicht.
Wenn du in einem Milieu arbeitest, in dem Grenzen verschwimmen, dann brauchst du im Hintergrund etwas, das dir Halt gibt.
Ein zweites Standbein.
Ein Dach, das nicht wackelt, wenn das Spiel beginnt.

Für mich waren das Steine.
Räume.
Eigentum.

Und jedes Mal, wenn ich einen neuen Mietvertrag abschließe,
weiß ich:
Ich kann mir leisten, diesen Club weiter so zu führen, wie ich es will.
Nicht wie ich es müsste.
Und das –
ist die wahre Freiheit.

Teil IV – Zusammen-
bruch & Zeitenwende

Kapitel 16 – Einbruch – seelisch und fi-
nanziell

Man sagt, ein Zusammenbruch beginnt mit einem
Knall.

Das ist falsch.

Er beginnt mit einem leichten Riss. So fein, dass
du ihn übersiehst. So unscheinbar, dass du
denkst: Wird schon. Geht vorbei. Ist nur eine
Phase.

Aber der Riss bleibt. Und irgendwann hörst du ihn
wachsen.

Bei mir begann es mit Zahlen. Mit kleinen Diffe-
renzen in der Kasse. Mit Getränkelieferungen, die
später kamen. Mit der Steuer, die höher war, als
ich dachte. Dann mit Gästen, die ausblieben.
Stammgästen, die nicht mehr kamen. Wegen Tren-
nung. Umzug. Müdigkeit. Oder weil das Spiel, das
ich ihnen anbot, zu durchschaubar geworden war.
Ich veränderte das Licht. Ich buchte andere DJs.
Ich stellte neue Leute ein, entließ alte. Ich ver-
suchte zu retten, was längst zerbröckelte.

Und ich trank.

Nicht mehr aus Lust. Sondern aus Notwendigkeit.
Ein Gin vor der Öffnung, ein Shot nach der
Schicht. Ein Glas, wenn niemand zusah. Zwei,
wenn ich mir selbst nicht mehr zuschauen
konnte.

Meine Miete stieg. Meine Haltung sank. Ich war zu
oft wach, zu selten klar. Ich stand im Club, aber
nicht mehr hinter der Bar – sondern daneben.
Nicht mehr im Zentrum – sondern am Rand.

Die Frauen, die blieben, blieben nicht mehr. Sie gingen. Langsam, fast höflich. Sie wechselten den Ort. Oder sich selbst. Und ich sah zu, wie alles, was ich aufgebaut hatte, sich in die Schatten zurückzog, aus denen es einst gekommen war.

Dann kam der Brief.

Ein Brief vom Finanzamt. Und einer vom Anwalt. Mahnungen. Fristen. Und plötzlich war da kein Puffer mehr. Kein Vorschuss auf Zukunft. Kein Retter im Halbdunkel.

Ich war allein.

Und dann kam der Einbruch.

Wirklich.

Nicht sinnbildlich.

Ein Fenster war eingeschlagen. Der rote Vorhang zerrissen. Der Safe leer.

Und ich – müde, verkatert, sprachlos – saß morgens auf dem Boden meines eigenen Clubs, zwischen Glasscherben, Papier und einem letzten halb ausgetrunkenen Glas, das irgendwer hatte stehen lassen.

Vielleicht ich selbst.

Ich weinte nicht.

Ich lachte auch nicht.

Ich saß einfach nur da und hörte meinem Inneren beim Zerbrechen zu.

Ich hatte alles gehabt. Licht. Macht. Körper. Räume.

Und ich hatte nichts gehalten.

Weil ich nicht wusste, wann man loslassen muss.

Einbruch – seelisch und finanziell

Es begann nicht mit einem Knall.

Nicht mit einem Zeitungsartikel, nicht mit einem Skandal.

Es begann mit einem Gefühl.

So eine Art inneres Flackern.
Wie ein Licht, das nicht ganz ausgeht – aber auch
nicht mehr richtig brennt.
Ich stand im Club, in meinem eigenen Reich,
und spürte plötzlich, dass die Musik zu laut war.
Dass die Gäste mir fremd vorkamen.
Dass ich ihre Spiele durchschaute – und mich
selbst nicht mehr darin wiederfand.
Die Zahlen waren okay. Noch.
Aber ich sah, wie die Umsätze langsamer wurden.
Wie die Gesichter wechselten.
Wie ich aufhörte, mir Namen zu merken.
Und gleichzeitig spürte ich, wie etwas in mir brö-
ckelte.
Nicht Burnout. Nicht Depression.
Etwas Anderes.
Ein Müdesein, das nicht schlafen wollte.
Ich wachte nachts auf und dachte an Fenster, die
ich nicht verschlossen hatte.
An Versicherungen, an Lohnabrechnungen, an
Gespräche, die ich führen müsste – aber vermied.
Ich fühlte mich plötzlich wie ein Fremder im eige-
nen System.
Nicht, weil die Welt sich geändert hatte.
Sondern weil *ich* es hatte –
und es zu spät bemerkte.
Dann kam der Moment:
Ein Gast, den ich kannte, kam nicht mehr.
Ein Mitarbeiter kündigte.
Eine Zahlung platzte.
Und dann noch eine.
Und irgendwann war da nicht mehr das Gefühl
von Kontrolle.
Nur noch ein Rauschen.
Und dahinter: Angst.
Nicht vor dem Bankrott.
Sondern vor dem Moment,

an dem ich in den Spiegel sehe und frage:
Wer bist du eigentlich, wenn niemand dich begehrt?
Das war mein Einbruch.
Nicht von außen.
Von innen.
Seelisch. Und ja – finanziell.
Ich dachte, ich hätte mir alles aufgebaut.
Aber ich hatte vergessen, mich selbst mitzunehmen.

Gerade noch mal gut gegangen

Ich dachte, es ist vorbei.
Wirklich.
Ich saß am Schreibtisch, der Steuerbescheid in
der einen Hand, der geplatzte Mietvertrag in der
anderen, und da war dieses Gefühl in der Brust –
wie Druckluft, nur ohne Luft.
Das Amt hatte sich gemeldet. Rückzahlung, Prü-
fungen, Unklarheiten.
Der Klassiker: Irgendein Beamter, der zu wenig
Ahnung und zu viel Meinung hatte.
Und ich? Ich war zu müde, um zu kämpfen.
Aber dann –
kam dieses Gespräch mit einem alten Bekannten.
Er ist Steuerberater, kühl, ein Zahlenmensch.
„Leg's offen", hat er gesagt.
„Zeig alles. Spiel nicht den Souveränen. Sei ehrlich
– und schnell."
Ich hab's gemacht.
Ich hab alle Karten auf den Tisch gelegt.
Alle Zahlen, alle Bewegungen.
Keine Tricks. Kein Drama.
Und das Wunder:
Das Amt war nicht feindlich.
Nur überlastet.
Verwirrt.
Und als sie sahen, dass ich kooperierte – fiel der
Ton.

Wurde sachlich.
Und dann lösbar.
Zwei Monate später: Kein Verfahren. Keine Nach-
zahlung.
Nur Auflagen.
Und ein verdammt wertvoller Lerneffekt.
Ich hätte trotzdem baden gehen können – wenn da
nicht dieses zweite Standbein gewesen wäre.

Meine Immobilien.
Gott sei Dank.
Gott sei *wirklich* Dank.
Ich hatte das Haus in der Bismarckstraße gerade
renoviert.
Drei Parteien, alle zuverlässig.
Und das kleine Studio in der Altstadt – vor einem
Jahr gekauft, für zu teuer gehalten, aber strate-
gisch perfekt.
Jetzt? Voll vermietet.
Sorgfältig, leise, zuverlässig.
Kein Applaus, kein Scheinwerferlicht.
Nur regelmäßiger Eingang.
Wie ein ruhiger Puls, wenn das Herz sonst rast.
Ich hab in den Wochen danach oft einfach nur da-
gestanden, mir den Estrich angeschaut, die sau-
bere Fuge im Bad.
Und ich hab gedacht:
Du bist vielleicht kein Genie.
Aber du warst weitsichtig.
Denn der Club – so sehr er mein Leben geprägt
hat –
war nie mein ganzes Leben.
Nur ein Teil.
Und als er gewankt hat, war da etwas, das stand.
Ein Fundament.
Aus Ziegeln, Zahlen – und Gnade.
Ich weiß nicht, ob ich gläubig bin.
Aber an diesem Tag hab ich es gesagt:

Danke.
Nicht weil ich gewonnen hab.
Sondern weil ich nicht gefallen bin.

Kapitel 17 – Der Mann im Spiegel

Ich hatte mich lange nicht mehr im Spiegel be-
trachtet.

Nicht richtig.

Nicht, um mich zu frisieren. Nicht, um mich zu
kontrollieren. Sondern: um mich zu sehen.

Es war ein Mittwoch. Grau, windig. Der Club war
dicht. Das Licht aus. Ich stand im Badezimmer
der leeren Räume, die einmal mein Königreich gewesen waren. Und ich sah mich an.

Was ich sah, war nicht der Mann, den andere
kannten.

Es war ein Gesicht, das müde war. Nicht nur vom
Schlafmangel. Sondern vom Leben.

Ein Bart, der ungepflegt war. Augen, die nichts
mehr verbergen konnten.

Der Glanz war weg. Die Maske gefallen.

Was blieb, war ich.

Roh.

Zerbrechlich.

Echt.

Ich lehnte mich über das Waschbecken, hielt mich
fest, atmete langsam ein – und noch langsamer
aus. Ich fragte mich, wann ich aufgehört hatte zu
fühlen. Und warum ich so lange dachte, das wäre
Stärke.

Ich erinnerte mich an früher. An die Gläser, die
ich abräumte. An das erste Lächeln einer Frem-
den. An den Traum, einen Ort zu schaffen, an dem
sich Menschen fallen lassen können.

Und ich fragte mich: Wann war ich selbst gefallen?

Ich hatte gespielt – mit Licht, mit Körpern, mit
Grenzen. Ich hatte Räume geöffnet, in denen andere ihre Masken ablegen konnten. Und ich hatte
meine so lange getragen, dass ich selbst nicht
mehr wusste, wer darunter lag.

Ich dachte an Claire. An ihren Satz:
„Du hast alles unter Kontrolle. Aber was, wenn du
einfach nur bist?"
Ich hatte ihn damals nicht verstanden.
Jetzt tat ich es.
Sein zu wollen, ohne zu leisten.
Ohne zu gefallen.
Ohne zu glänzen.
Nur da zu sein.
Der Mann im Spiegel sah mich an. Und ich sah
nicht weg. Nicht dieses Mal.
Ich wusste, es musste sich etwas ändern.
Nicht von außen.
Nicht durch einen neuen Club.
Nicht durch weniger Alkohol, bessere Zahlen, neue
Konzepte.
Sondern von innen.
Ich sagte leise:
„Ich bin noch da."
Und es war kein Schuldeingeständnis.
Es war ein Anfang.

Die Frau, die mich durchschaute
Claire kam an einem Freitagabend, als der Club
voll war, aber nicht stimmig.
Zu viele neue Gesichter, zu viele Männer, die
schauten statt fühlten.
Und dann kam sie.
Sie trug Schwarz. Kein Kleid. Einen Anzug. Fein
geschnitten, eng, offen bis zum Brustbein.
Darunter: nichts.
Die Haare streng, der Blick weich – aber nicht für
dich.
Nur für sich.
Ich sah sie zuerst in der Spiegelwand.
Sie stand da wie eine Erinnerung, die du verges-
sen wolltest.
Und als sie sich bewegte, war es nicht Tanzen – es

war eine Entscheidung.

Ein Körper, der seinen Raum kennt. Und nimmt. Ohne zu fragen.

Sie bestellte Gin, ließ das Glas unangerührt.

Und sagte zu mir, als ich vorbeiging, ohne mich anzusehen:

„Du versteckst dich gut. Aber nicht vor mir."

Ich blieb stehen.

Nicht, weil ich antworten wollte.

Sondern weil mein Herz kurz vergaß, zu schlagen.

Claire war nicht laut.

Aber sie hatte diese Art, dich auszuziehen, bevor du auch nur die Hand ausgestreckt hattest.

Mit einem Blick.

Mit einem Satz.

Mit der Art, wie sie die Hüfte hielt, wenn sie stand.

Nicht präsentierend – sondern wissend.

Als hätte sie alles schon gesehen.

Und trotzdem Lust, dich zu beobachten, wie du dich abmühst, interessant zu sein.

Später, als ich allein in meinem Büro war, klopfte sie nicht.

Sie trat einfach ein.

Schloss die Tür.

Zog die Jacke aus – langsam, gezielt.

Blieb stehen.

Und sagte:

„Ich will nicht deinen Club. Ich will dich – wie du bist, wenn du dich schämst."

Ich schwieg.

Und wusste: Jetzt wird nichts gespielt.

Jetzt wird gezittert.

Claire war kein Moment.

Sie war eine Prüfung.

Eine Frau, die nicht genommen werden will – sondern dich nehmen lässt.

Aber nur, wenn du vorher begriffen hast, dass du nichts beherrschst.

Wenn jemand dich durchschaut: Nimm's nicht persönlich. Nimm's ernst.

1. **Nicht verteidigen – offen lassen.**
   Wenn jemand dir sagt, was er in dir sieht – auch wenn's unbequem ist – halt den Raum.
   Wehr dich nicht sofort. Rechtfertige dich nicht.
   Claire sagte zu mir: „Du machst Atmosphäre, aber in dir ist Leere."
   Ich hätte zurückkeifen können. Stattdessen schwieg ich. Und weiß heute: Sie hatte recht.
   Und das Schweigen war der Anfang einer Veränderung.

2. **Trenne deine Rolle von deinem Wesen.**
   Du bist nicht nur Clubgründer, Veranstalter, Gastgeber. Du bist auch ein Mensch mit Unsicherheiten, Schatten, Schwächen.
   Wenn dich jemand durchschaut, dann sieht er oft *den Menschen hinter der Maske*.
   Und das ist keine Entblößung – sondern eine Einladung: zur Begegnung auf Augenhöhe.
   Aber nur, wenn du's zulässt.

3. **Mach keine Show aus Echtheit.**
   Du musst dich nicht dramatisch öffnen, keine Tränen produzieren, keine Story verkaufen.
   Zeig einfach Haltung.
   Ein Satz wie: „Das hat was mit mir gemacht."
   Oder: „Ich nehm das mit."
   Reicht völlig.

Denn Menschen wie Claire erkennen die Geste. Nicht den Monolog.

4. **Nutze solche Begegnungen zur Kurskorrektur.**

   Ich habe nach Claire meine Arbeitsweise verändert.

   Ich war weniger distanziert, habe klarer kommuniziert, meine Rollen bewusster gewechselt – Clubbesitzer, ja. Aber auch: Mann. Mensch. Gesprächspartner.

   Du musst nicht perfekt sein.

   Nur echt.

   Und das verändert die Qualität deines ganzen Betriebs.

5. **Erkenne den Wert – auch wenn's weh tut.**

   Die Menschen, die dich durchschauen, sind unbequem.

   Aber sie sind auch selten.

   Und oft sind sie die Einzigen, bei denen du *nicht gefallen musst.*

   Weil sie längst wissen, dass du mehr bist als der Eindruck, den du versuchst zu machen.

   Und wer das weiß –

   kann dich erinnern.

   An dich selbst.

Fazit:

Wenn dich jemand durchschaut, ist das kein Angriff. Es ist ein Spiegel.

Du kannst weglaufen – oder hinschauen.

Aber wenn du hinschaust, wächst du.

Und manchmal –

beginnt genau da eine neue Form von Beziehung: Ehrlicher. Wärmer. Tiefer.

„Er war plötzlich Mensch. Und schöner als je zuvor."

Ein Gespräch mit Lysanne, 41, langjährige Stammgästin und stille Vertraute

Frage:
Lysanne, du warst eine der wenigen, die in der Phase geblieben sind, als es schwierig wurde. Was hat sich verändert?

Antwort:
Es war, als hätte jemand das Licht gedimmt. Nicht draußen – in ihm.

Er, der sonst jede Bewegung im Club spürte, jede Spannung, jedes Flackern – plötzlich war er nicht mehr präsent.

Er war da, aber wie durch Glas.

Ich sah ihn manchmal an der Bar stehen, den Blick leer, das Glas voll. Und ich wusste:

Er ist nicht mehr im Spiel.

Er ist das Spiel geworden. Und das war zu viel.

Frage:
Was war anders an ihm?

Antwort:
Er war nicht mehr unberührbar.

Er hatte Augenringe, manchmal roch er nach Zigaretten statt Parfum.

Er lachte seltener, sprach leiser.

Aber – und das war das Überraschende – er war näher.

Zum ersten Mal hatte ich das Gefühl, er hört wirklich zu, wenn man ihm was sagt.

Nicht als Gastgeber.

Als Mensch.

Frage:
War das für dich attraktiv? Oder erschreckend?
Antwort:
Beides.
Ich fand es berührend, weil ich wusste, wie sehr er sonst auf Kontrolle baute.
Und plötzlich war da ein Riss –
aber durch den Riss kam Wärme.
Ich hab mich mehr zu ihm hingezogen gefühlt als je zuvor.
Nicht sexuell – das auch, ja.
Aber vor allem seelisch.
Weil ich ihn nicht mehr bewundern musste.
Ich konnte ihn einfach mögen.

Frage:
Glaubst du, das war ein Wendepunkt für ihn?
Antwort:
Definitiv.
Er hat Dinge verändert.
Weniger Druck, weniger Rollen.
Mehr Klartext.
Er hat plötzlich wieder gefragt: Wie geht's dir? –
und es auch gemeint.
Und ich glaube, er hat gelernt, dass man Menschen nicht nur führt,
wenn man glänzt.
Sondern gerade dann,
wenn man nicht glänzt –
aber bleibt.

Frage:
Was bleibt dir von dieser Zeit in Erinnerung?
Antwort:
Ein Abend auf der Terrasse.
Der Club war fast leer, wir saßen draußen, er rauchte, ich trank Tee.
Er sah mich an und sagte:

„Ich glaube, ich war nie so nackt wie jetzt. Und
trotzdem fühl ich mich weniger ausgeliefert."
Ich hab ihm geantwortet:
„Dann bist du jetzt endlich angekommen."
Und das war echt.
Nicht sexy.
Nicht dramatisch.
Einfach nur wahr.

Kapitel 18 – Das erste Nein

Man stellt sich das anders vor. Den Moment, in dem man aufsteht. Sich zurückholt. Sich wehrt. Man stellt sich vor, man brüllt. Man geht. Man schlägt Türen.

Aber manchmal ist es ganz leise.

Ein Satz.

Drei Buchstaben.

Ein Wort, das schwerer wiegt als alles zuvor: Nein.

Er kam zwei Wochen nach dem Einbruch.

Leo.

Der Mann mit der Karte. Der Mann, der an mich geglaubt hatte – oder an das, was ich repräsentierte.

Er setzte sich an meinen Küchentisch, sah sich um. Ich hatte Kaffee gekocht, obwohl ich selbst keinen trank. Die Tasse blieb unangerührt.

„Ich habe ein Angebot", sagte er.

„Kein Club diesmal. Etwas anderes. Sauber. Diskret. Hohe Nachfrage."

Ich hörte zu. Weil ich wusste, dass er nichts anbot, ohne Grund.

Und weil ich tief in mir wusste: Das Angebot war nicht neu. Nur der Rahmen. Der Inhalt blieb gleich.

Es ging wieder um Räume.

Um Körper.

Um Kontrolle.

Und dann sah ich mein Spiegelbild in der Fensterfläche – wie ich da saß, mit gesenktem Kopf, die Hände auf der Tischplatte, bereit, erneut etwas zu unterschreiben, das mich auslöschte.

Und ich sagte:

„Nein."

Kein weiteres Wort.

Nicht: „Vielleicht später."

Nicht: „Ich überlege es mir."
Nicht: „Was ist mit Beteiligung?"
Einfach nur:
„Nein."
Leo schwieg lange. Dann nickte er. Kein Ärger.
Kein Druck. Nur ein Blick, der sagte: Du hast dich
entschieden.
Und ich hatte es.
Nicht, weil ich wusste, was jetzt kommt.
Sondern, weil ich wusste, was nicht mehr kommt.
Ich wollte keine Räume mehr gestalten, in denen
Menschen sich verlieren.
Ich wollte keine Macht mehr, die auf Sehnsucht
gebaut war.
Ich wollte nicht mehr jemand sein, der Angebote
macht, ohne zu wissen, was er selbst braucht.
Das Nein war der Anfang.
Nicht vom Ende – sondern von mir.
Es war keine Revolution. Kein Neubeginn mit Fan-
fare.
Aber es war das erste Mal, dass ich nicht zurück-
wich.
Ich stand auf, öffnete die Tür. Leo ging. Ohne
Händedruck. Ohne Drohung.
Nur mit diesem letzten Satz:
„Wenn du es dir anders überlegst – du weißt, wo
du mich findest."
Ich wusste es.
Und ich wusste, ich würde ihn nicht mehr suchen.

Als nichts mehr funktionierte

Es war nicht die große Krise.
Es war das leise Nichts.
Ich stand im Club, wie jeden Samstag.
Das Licht war warm, der Sound perfekt. Die Gäste
tranken, lachten, verschwanden in Ecken, in Bli-
cke, in sich selbst.
Und ich?

Ich war da.

Aber nicht mehr *in* mir.

Ich schaute auf den Raum, der mal Bühne war.

Auf die Gäste, die mal Spiegel waren.

Und ich spürte:

Ich spüre nichts.

Keine Lust, keine Spannung, keine Neugier.

Nicht mal mehr Müdigkeit.

Nur: Funktion.

Ich begrüßte die Menschen.

Ich ging an der Bar vorbei, legte kurz die Hand auf eine Schulter, ein paar Komplimente, ein paar Lächeln.

Alles wie immer.

Nur dass ich nicht mehr drin war.

Nicht wirklich.

Der schlimmste Moment kam, als Claire zurückkam.

Sie sah mich an – nicht vorwurfsvoll, nicht enttäuscht.

Nur mit diesem einen Blick, der alles sagte:

Du bist noch da. Aber du bist gegangen.

Und ich wusste: Sie hat recht.

Selbst mein Körper reagierte nicht mehr.

Kein Verlangen. Kein Ziehen. Kein Impuls.

Ich hatte Nächte mit Menschen verbracht, bei denen jedes Berühren Funken schlug.

Jetzt?

Ich wollte nur schlafen.

Allein.

Ohne Geräusche.

Ich saß in meinem Büro, starrte auf den Monitor mit den Kamerabildern – Tanzfläche, Flur, VIP-Zimmer –

und plötzlich fragte ich mich:

Würde es auffallen, wenn ich einfach ginge?

Nicht heute.
Ganz.
Für immer.
Und das war der Moment, an dem ich wusste:
Etwas ist kaputt.
Nicht draußen.
In mir.

„Ich wollte ihn heiraten, als er nichts mehr konnte."
Ein Gespräch mit Claire, 39, heute Künstlerin, nie mehr nur Beobachterin

Frage:
Claire, warum gerade dann? Als er am Boden war?
Antwort:
Weil er da zum ersten Mal ehrlich war.
Nicht nur zu mir. Zu sich.
Er hatte nichts mehr zu geben.
Keine Stärke, keine Ausstrahlung, keine Show.
Nur diese stille Präsenz.
Diese gebrochene Würde.
Und das war so… menschlich. So entwaffnend. So schön.
Frage:
Was genau war passiert?
Antwort:
Er hat aufgehört, zu funktionieren.
Nicht von außen – er hat das Programm weitergespielt.
Aber ich kannte seinen Blick.
Der war leer.
Und ich wusste: Wenn er jetzt nicht fällt, dann stirbt er innerlich.
Ich hab ihn irgendwann einfach gefragt: Willst du, dass ich bleibe – oder dass ich gehe?
Und er hat gesagt: Bleib. Aber bitte sprich nicht.
Nur… sei da.

Ich war da.

Was hat das mit dir gemacht?
Antwort:
Ich war immer die, die stark war. Die analysiert
hat. Die wusste, wie man Menschen aufbaut.
Aber da hab ich gemerkt: Liebe beginnt nicht da,
wo man jemanden bewundert.
Sondern da, wo man ihn hält – in dem Moment, wo
er sich selbst nicht mehr halten kann.
Ich hab ihn geliebt in seiner Ohnmacht.
In seiner Unfähigkeit.
In seinem Schweigen.
Und genau da –
wollte ich ihn heiraten.
Nicht, weil er ein Gewinner war.
Sondern weil er sich nicht mehr versteckte.
Und mir dabei zeigte,
dass er echt ist.
Frage:
Haben Sie ihm das gesagt?
Antwort:
Ja.
Ich habe gesagt:
Ich würde dich nicht heiraten, weil du ein Clubbe-
sitzer bist.
Ich würde dich heiraten, weil du gelernt hast, loszu-
lassen – ohne dich zu verlieren.
Er hat nicht geantwortet.
Er hat mich nur angesehen.
Und ich schwöre:
Noch nie war ich mir so sicher, dass das ein Ja
war.
Auch wenn es nie zur Hochzeit kam.

Kapitel 19 – Die Tür, die offen blieb

Es gab keinen neuen Club.
Keinen Neustart mit Champagner und Pressefotos.
Nur mich – und eine Tür, die nicht mehr abge-
schlossen war.
Ich arbeitete eine Zeit lang in einem Café. Tags-
über. Licht, das durch große Fenster fiel. Gäste,
die „Bitte" sagten und „Danke". Keine Musik, die
dröhnte. Kein Alkohol nach Schichtbeginn. Kein
Spiel mit Nähe und Macht.
Es war ruhig. Fast langweilig.
Und es war heilsam.
Ich begann zu schreiben.
Erst auf Servietten. Dann in Notizbücher. Dann
ganze Sätze, die sich anfühlten, als wären sie
schon lange da gewesen – ich hatte sie nur nie zu-
gelassen.
Ich schrieb über das, was ich gesehen hatte.
Über Nadja. Über Claire. Über den Spiegel.
Über den Glanz und das, was er kostete.
Ich schrieb, weil ich mich erinnern wollte. Und
weil ich lernen wollte, mich nicht mehr dafür zu
schämen.
Manche Nächte fehlten mir.
Nicht die Ekstase. Nicht der Sex. Nicht das Adre-
nalin.
Sondern die Tiefe. Die Augenblicke, in denen Men-
schen sich zeigten, wie sie wirklich waren – wenn
auch nur für Sekunden.
Ich sah Claire einmal wieder. Zufällig. Im Park. Sie
trug einen Kinderwagen. Wir nickten uns zu. Kein
Wort. Nur ein Blick, der sagte: Ich erinnere mich.
Und irgendwann war da wieder Musik. Nicht laut.
Nicht wild.
Ein Straßenmusiker. Ein Saxophon. Ich blieb ste-
hen. Lauschte.

Und dachte:
Vielleicht ist das das Leben nach dem Leben.
Nicht wie früher.
Nicht neu.
Aber: echt.
Ich schloss die Tür meiner Wohnung. Aber ich ließ
sie nicht einrasten.
Ich ließ sie angelehnt. Für Möglichkeiten. Für Ge-
schichten.
Für das, was noch kommt.
Denn das ist das Einzige, was ich mit Sicherheit
sagen kann:
Die Nacht hat mich nicht besiegt.
Sie hat mich geformt.
Und ich bin tiefer gefallen, als ich dachte.
Aber auch weiter aufgestanden, als ich es mir je
zugetraut hätte.
Vielleicht, so dachte ich, ist das wahre Glück
nicht, wenn alles klappt.
Sondern wenn man trotzdem weitermacht.
Mit offenem Blick.
Und einer Tür, die nicht ganz schließt.

Ausstieg mit Rückspiegel
Ich wusste, dass es die letzte Nacht war.
Nicht wegen Drama. Nicht wegen Knall.
Sondern weil ich aufwachte – und zum ersten Mal
seit Wochen wieder eine Erektion hatte.
Nicht, weil ich musste.
Weil ich **wollte**.
Ich stand auf, duschte kalt, trank Kaffee schwarz.
Und rief **Claire** an.
Sie sagte nichts, als sie ranging.
Nur: „Wann?"
Ich antwortete: „In einer Stunde."

Ich war pünktlich. Sie auch.

Sie trug Rot. Kein Kleid. Einen Morgenmantel. Offen.

Darunter nichts.

Ich sagte: „Ich bin raus."

Sie nickte.

Dann trat sie einen Schritt vor, sah mich an – und sagte:

„Dann geh nicht leise. Mach's richtig."

Wir hatten Sex.

Nicht weil wir wollten, uns zu erinnern.

Sondern um alles, was war, ein letztes Mal zu spüren.

Klar. Heiß. Ehrlich.

Ich nahm sie wie damals – nur intensiver.

Nicht im Schatten eines Clubs.

Sondern im Morgenlicht.

Auf einem blanken Tisch, vor dem Fenster, ohne Musik.

Ich küsste sie, bis ihre Lippen zitterten.

Sie kratzte mir den Rücken blutig.

Wir flüsterten nichts.

Wir sprachen mit Haut.

Und als es vorbei war, lagen wir da.

Kein Drama. Kein Versprechen.

Nur: Wir.

Ich stand auf. Zog mich an.

Und sie fragte:

„Was wirst du tun?"

Ich antwortete:

„Vermieten. Schreiben. Atmen."

Sie nickte.

Und lächelte.

„Dann tu's. Aber mit Würde."

Ich verließ die Wohnung.

Und sah im Rückspiegel nicht zurück.

Nicht aus Trotz.

Sondern weil ich wusste:
Ich hab alles gesehen, was ich sehen musste.
Ich war nicht mehr der Club.
Ich war nicht mehr der König der Nacht.
Ich war frei.
Und ja –
ich war **geil auf das Leben**.

Wie man aufhört, ohne unterzugehen

Es gibt zwei Arten, wie Menschen aussteigen.
Die einen machen ein Drama draus.
Große Abschiedsparty, letzte Durchsage, letzte Pose.
Applaus, Licht aus.
Aber oft sind das genau die, die später doch wieder zurückkriechen –
weil sie nie wirklich gegangen sind.
Ich wollte nicht so gehen.
Ich wollte gehen **wie jemand, der endlich nicht mehr muss.**
Nicht, weil alles vorbei ist.
Sondern weil ich gesehen habe, was es war.
Und weil ich weiß: Ich war da.
Ganz.
Ich habe geliebt.
Geführt.
Verführt.
Ich war König, Diener, Spieler, Spiegel.
Ich war müde.
Ich war leer.
Und dann: war ich bereit.

Was man mitnimmt?

Das Gefühl für Räume.
Für Energie.
Für Menschen, die mehr zeigen, wenn man sie lässt.
Ich kann heute in ein Café gehen und spüren, wer

bleiben will und wer nur spielt.
Ich erkenne Lust in der Art, wie jemand ein Glas hält.
Und ich weiß, wann Schweigen mehr bedeutet als Nähe.
Das bleibt.

Was man loslässt?
Den Zwang, zu gefallen.
Die Idee, dass man immer „on" sein muss.
Die Rolle, die irgendwann zu schwer wurde, weil sie nie Pause hatte.
Ich habe gelernt:
Erotik ist nicht im Scheinwerferlicht.
Sie ist da, wo sich jemand **nicht mehr verstecken muss.**
Und genau da wollte ich hin.
Ins Echte.
Ins Langsame.
Ins Wahre.

Ich habe heute andere Rhythmen.
Ich rede mit Handwerkern statt Hostessen.
Ich schreibe. Ich gestalte Wohnungen.
Ich höre öfter einfach nur zu.
Und manchmal, wenn die Sonne durchs Fenster fällt,
denke ich an den Club zurück.
An Claire. An Noy. An all die Nächte, die wie Haut in der Erinnerung kleben.
Ich lächle.
Und atme.
Ich bin ausgestiegen.
Nicht gefallen.
Nicht geflüchtet.
Ich bin gegangen.
Mit Würde.

Mit Rückspiegel.
Und mit dem schönsten Souvenir von allen:
Mir selbst.

The End - ...

Nachwort

Man sagt, das Leben sei eine Reise.

Aber manchmal ist es eher ein Club.

Dunkel, laut, voller Spiegel, in denen du dich selbst nur verzerrt erkennst.

Ich habe dieses Buch geschrieben, weil ich mich erinnern wollte.

Nicht nur an die Orte, die ich betreten habe – sondern an den Menschen, der ich dabei war.

Ich habe Gläser gespült, Blicke gelesen, Räume geschaffen, in denen andere sich verloren – und ich mich mit ihnen.

Es ist keine Heldengeschichte.

Es ist auch keine Beichte.

Es ist ein Versuch, etwas festzuhalten, was so oft durch die Finger rinnt:

Wie sich Macht anfühlt, wenn man eigentlich Nähe sucht.

Wie schnell aus einem Spiel ein Netz wird.

Wie laut es sein kann, wenn man in sich selbst nichts mehr hört.

Wenn du bis hierher gelesen hast, danke ich dir.

Für deine Zeit.

Dein Durchhalten.

Und vielleicht auch für deinen Mut, dich selbst ein Stück darin zu entdecken.

Denn ganz gleich, wo du gerade stehst – vielleicht kennst du das Gefühl, auf einer Schwelle zu stehen.

Zwischen gestern und morgen.

Zwischen Licht und Schatten.

Zwischen einem „Ich mach weiter" – und einem „Ich kann nicht mehr".

Dann möchte ich dir nur eines sagen:

Du bist nicht allein.

Und vielleicht ist das das einzige, was bleibt, wenn alles andere gegangen ist:

Ein Herz, das nicht mehr glänzen will – sondern echt schlägt.
Bleib wach.
Bleib weich.
Und wenn du eine Tür findest, die offen steht – tritt hindurch.
Wer weiß, wohin sie führt.

– Der Autor